CANÇÃO DE NINAR

7ª reimpressão

LEÏLA SLIMANI
CANÇÃO DE NINAR

Tradução
Sandra M. Stroparo

Copyright © Éditions Gallimard, 2016
Copyright © Editora Planeta do Brasil, 2018
Todos os direitos reservados.

Título original: *Chanson douce*

Preparação: Mariana Delffini
Revisão: Ana Lima Cecilio e Maitê Zickular
Projeto gráfico: Jussara Fino
Diagramação: Abreu's System
Capa: Adaptada do projeto gráfico original de Compañía
Imagem de capa: Marie Carr/Arcangel

CIP-BRASIL. CATALOGAÇÃO NA PUBLICAÇÃO
SINDICATO NACIONAL DOS EDITORES DE LIVROS, RJ

S642c
    Slimani, Leila
        Canção de ninar / Leïla Slimani; tradução Sandra M. Stroparo. - 1. ed. - São Paulo: Planeta, 2018.

        Tradução de: Chanson douce
        ISBN: 978-85-422-1203-7

        1. Ficção francesa. I. Stroparo, Sandra M. II. Título.

17-45305   CDD: 843
                                    CDU: 821.133.1-3

Cet ouvrage, publié dans le cadre du Programme d'Aide à la Publication 2018 de l'Institut Français du Brésil, bénéficie du soutien du Ministère de l'Europe et des Affaires étrangères.
Este livro, publicado no âmbito do Programa de Apoio à Publicação 2018 do Instituto Francês do Brasil, contou com o apoio do Ministério Francês da Europa e das Relações Exteriores.

 Ao escolher este livro, você está apoiando o manejo responsável das florestas do mundo

2022
Todos os direitos desta edição reservados à
EDITORA PLANETA DO BRASIL LTDA.
Rua Bela Cintra, 986 – 4º andar
01415-002 – Consolação – São Paulo-SP
www.planetadelivros.com.br
faleconosco@editoraplaneta.com.br

Para Émile

A senhorita Vezzis veio do outro lado da Fronteira para cuidar de algumas crianças que eram de uma senhora. A senhora disse que a senhorita Vezzis era uma babá ruim, suja e desatenta. Ela nunca pensou que a senhorita Vezzis tivesse sua própria vida para levar e seus próprios problemas com que se preocupar, e que esses problemas eram a coisa mais importante do mundo para a senhorita Vezzis.

Rudyard Kipling, "His chance in life",
Plain tales from the hills

* * *

"Compreende, será que compreende, meu caro senhor, o que significa não se ter mais para onde ir?" – lembrou-se num átimo da pergunta feita ontem por Marmieládov –, porque é preciso que toda pessoa possa ir ao menos a algum lugar...

Fiódor Dostoiévski,
Crime e castigo

O bebê está morto. Bastaram alguns segundos. O médico assegurou que ele não tinha sofrido. Estenderam-no em uma capa cinza e fecharam o zíper sobre o corpo desarticulado que boiava em meio aos brinquedos. A menina, por sua vez, ainda estava viva quando o socorro chegou. Resistiu como uma fera. Encontraram marcas de luta, pedaços de pele sob as unhas molinhas. Na ambulância que a transportava ao hospital ela estava agitada, tomada por convulsões. Com os olhos esbugalhados, parecia procurar o ar. Sua garganta estava cheia de sangue. Os pulmões estavam perfurados e a cabeça tinha batido com violência contra a cômoda azul.

Fotografaram a cena do crime. A polícia colheu digitais e mediu a área do banheiro e do quarto das crianças. No chão, o tapete de princesa estava empapado de sangue. O trocador estava meio virado. Os brinquedos foram levados em sacos transparentes e lacrados. Até a cômoda azul será usada no processo.

A mãe estava em choque. Foi o que disseram os bombeiros, o que repetiram os policiais, o que escreveram os jornalistas. Ao entrar no quarto onde jaziam os filhos, ela soltou um grito, um grito das profundezas, um uivo de loba. As paredes tremeram. A noite se abateu sobre esse dia de maio. Ela vomitou e a polícia a descobriu assim, com a roupa suja, agachada no quarto, soluçando como uma desvairada. Ela uivou até arrebentar os pulmões. O enfermeiro fez um sinal discreto com a cabeça e eles a ergueram, apesar de sua resistência, de seus chutes. Eles a levantaram devagar e a jovem residente do SAMU lhe deu um calmante. Era seu primeiro mês de estágio.

Também foi preciso salvar a outra. Com o mesmo profissionalismo, com objetividade. Ela não soube morrer. Ela só soube provocar a morte. Ela seccionou os dois pulsos e cravou a faca na garganta. Perdeu a consciência ao pé do berço. Eles a colocaram em pé, tomaram seu pulso e sua pressão. Eles a puseram na maca e a jovem estagiária comprimiu seu pescoço com a mão.

Os vizinhos se reuniram na frente do prédio. Principalmente as mulheres. É quase hora de ir buscar as crianças na escola. Elas olham a ambulância com os olhos inchados de lágrimas. Choram e querem saber. Ficam na ponta dos pés. Tentam descobrir o que acontece atrás do cordão de isolamento, no interior da ambulância que arranca com todas as sirenes ligadas. Cochicham informações umas para as outras. O rumor já corre. Algo de ruim aconteceu com as crianças.

É um belo prédio da rue d'Hauteville, no décimo *arrondissement*. Um prédio onde os vizinhos se cumprimentam, sem se conhecer, com bons-dias calorosos. O apartamento dos Massé fica no quinto andar. É o menor apartamento do edifício. Paul e Myriam ergueram uma divisória no meio da sala quando o segundo filho nasceu. Eles dormem em um cômodo apertado, entre a cozinha e a janela que dá para a rua. Myriam gosta de móveis chineses e tapetes marroquinos. Na parede, ela pendurou gravuras japonesas.

Hoje ela voltou mais cedo. Encurtou uma reunião e deixou para o dia seguinte a análise de um dossiê. Num assento retrátil no metrô da linha 7, ela pensava em fazer uma surpresa para os pequenos. Chegando, passou na padaria. Comprou uma baguete, uma sobremesa para as crianças e um bolinho de laranja para a babá. O favorito dela.

Pensava em levá-los ao carrossel. Eles iriam juntos fazer as compras para o jantar. Mila pediria um brinquedo, Adam chuparia uma casquinha de pão sentado no carrinho.

Adam está morto. Mila não vai resistir.

— Não quero uma imigrante ilegal, tudo bem? Pra zeladora ou pintor, isso não me incomoda. Essas pessoas precisam trabalhar, mas pra cuidar das crianças é perigoso demais. Não quero alguém que tenha medo de chamar a polícia ou de ir ao hospital se precisar. De resto, não muito velha, que não use véu e que não fume. O importante é que seja ativa e disponível. Que trabalhe pra que a gente possa trabalhar.

Paul preparou tudo. Montou uma lista de perguntas e calculou trinta minutos de entrevista. Separaram um sábado para encontrar uma babá para suas crianças.

Alguns dias antes, quando Myriam conversava sobre sua busca por uma babá com uma amiga, Emma, esta se queixou da mulher que cuidava de seus meninos.

— A babá tem dois filhos aqui, acaba que ela nunca pode ficar até mais tarde ou vir de vez em quando no final de semana. Não é muito prático. Pense nisso quando fizer as entrevistas. Se ela tiver filhos, é melhor que eles não estejam na França.

Myriam tinha agradecido o conselho. Mas, na verdade, tinha ficado incomodada com a conversa de Emma. Se um empregador tivesse falado dela ou de uma amiga dessa maneira, elas teriam alegado discriminação. Achava terrível a ideia de descartar uma mulher por ela ter filhos. Melhor não levantar o assunto com Paul. Seu marido é como Emma. Pragmático, coloca a família e a carreira antes de tudo.

Nessa manhã, foram ao mercado em família, os quatro. Mila nos ombros de Paul, e Adam dormindo no carrinho. Compraram flores e agora arrumam o apartamento. Querem fazer bonito para as babás que vão até lá. Juntam os livros e as revistas que estão no chão, embaixo da cama e até no banheiro. Paul pede a Mila para arrumar seus brinquedos em grandes caixas de plástico. A menininha reclama, choraminga, e é ele quem acaba por empilhá-los junto à parede. Dobram as roupas das crianças, trocam os lençóis. Limpam, jogam, procuram desesperadamente arejar o apartamento que os sufoca. Eles queriam que elas os considerassem gente de bem, pessoas sérias e organizadas que tentam dar aos filhos apenas o melhor. Queriam que elas entendessem que eles são os patrões.

Mila e Adam tiram uma soneca. Myriam e Paul estão sentados na beira da cama. Ansiosos e incomodados. Nunca confiaram as crianças a ninguém. Myriam estava terminando o curso de Direito quando ficou grávida de Mila. Formou-se duas semanas antes de dar à luz. Paul somava um estágio ao outro, cheio do otimismo que seduzira Myriam quando ela o conheceu. Ele tinha certeza de que poderia trabalhar por dois. Tinha certeza de que ia fazer sua carreira na produção musical, apesar da crise e das restrições de orçamento.

Mila era um bebê frágil, irritável, que chorava sem parar. Ela não ganhava peso, recusava o peito da mãe e as mamadeiras que o pai preparava. Debruçada sobre o berço, Myriam tinha até esquecido o mundo lá fora. Suas ambições se limitavam a fazer aquela filha magrinha e chorona ganhar alguns gramas. Os meses passavam sem que ela se desse conta. Paul e ela nunca se separavam de Mila. Eles fingiam não notar que seus amigos se aborreciam e diziam pelas costas que bar ou restaurante não é lugar para um bebê. Mas Myriam não queria nem ouvir falar em *baby-sitter*. Só ela era capaz de responder às necessidades da filha.

Mila tinha só um ano e meio quando Myriam engravidou de novo. Ela sempre repetia que tinha sido um acidente.

— A pílula nunca é cem por cento — dizia, rindo, às amigas.

Na verdade, tinha premeditado a gravidez. Adam foi uma desculpa para ela não deixar a tranquilidade do lar. Paul não fez nenhuma ressalva. Acabava de ser contratado como assistente de som em um estúdio renomado, onde passava as noites e os dias, refém dos caprichos dos artistas e de como eles gastavam o tempo. Sua mulher parecia se encontrar nessa maternidade animal. Essa vida de casulo, longe do mundo e dos outros, os protegia de tudo.

E então o tempo começou a parecer longo, a perfeita mecânica familiar foi arranhada. Os pais de Paul, que estavam acostumados a ajudá-los desde o nascimento da menina, passavam cada vez mais tempo na casa de campo, onde tinham iniciado uma grande reforma. Um mês antes do parto de Myriam, programaram uma viagem de três semanas para a Ásia e só avisaram Paul no último minuto. Ele ficou chateado, queixando-se a Myriam do egoísmo dos pais, de sua leviandade. Mas Myriam estava aliviada. Ela não aguentava Sylvie no seu pé. Ouvia sorrindo os conselhos da sogra, engolia em seco quando a via mexer na geladeira e criticar os alimentos que encontrava. Sylvie comprava saladas orgânicas. Preparava a refeição de Mila, mas deixava a cozinha uma imundície. Myriam e ela nunca concordavam em nada e reinava no apartamento um mal-estar denso, fervilhante, que ameaçava a cada segundo explodir em uma luta aberta.

— Deixe seus pais viverem a vida deles. Eles têm razão de aproveitar, agora que estão livres — Myriam acabou dizendo a Paul.

Ela não tinha ideia do que viria. Com duas crianças, tudo ficou mais complicado: fazer compras, dar banho, ir ao médico, fazer a faxina. As contas se acumularam. Myriam ficou sombria. Começou a detestar as saídas ao parque. Os dias de inverno pareceram intermináveis. Os caprichos de Mila a irritavam, os primeiros balbucios de Adam lhe eram indiferentes. Ela sentia cada dia um pouco mais a necessidade de ficar sozinha e tinha vontade de gritar como uma louca na rua. *Eles me devoram viva*, pensava, às vezes.

Invejava o marido. À noite, esperava ansiosa atrás da porta. Passava uma hora se queixando dos gritos das crianças, do tamanho do apartamento, da falta de distrações. Quando ela o deixava falar e ele contava as sessões de gravação épicas de um grupo de hip-hop, ela replicava:

— Você tem sorte.

— Não, você é que tem sorte. Eu queria muito ver eles crescerem — ele respondia.

Nesse jogo, nunca havia vencedor.

À noite, ao lado, Paul dormia o sono pesado de quem trabalhou o dia inteiro e merece descanso. Ela se roía de amargura e arrependimento. Pensava nos esforços que tinha feito para terminar os estudos, apesar da falta de dinheiro e da ajuda da família, na felicidade que sentira ao ser admitida na Ordem, na primeira vez que usara a beca de advogada, que Paul tinha fotografado, ela na frente da porta do prédio, orgulhosa e sorridente.

Durante meses ela fingiu suportar a situação. Nem para Paul ela soube como falar sobre a vergonha que sentia. Como se sentia morrer por não ter nada diferente para contar além das bobagens das crianças e das conversas entre desconhecidos que ela espiava no supermercado. Começou a recusar todos os convites para jantar, a não responder mais aos telefonemas dos amigos. Desconfiava sobretudo das mulheres, que podiam ser tão cruéis. Tinha vontade de estrangular as que diziam admirá-la ou, pior, invejá-la. Não suportava mais ouvi-las se queixar de seus trabalhos, de não ver os filhos o suficiente. Mais que tudo, ela temia os desconhecidos. Os que perguntavam inocentemente com que ela trabalhava e se constrangiam à menção de uma vida no lar.

Um dia, fazendo compras no Monoprix do boulevard Saint-Denis, ela percebeu que tinha sem querer furtado umas meias de crianças, esquecidas no carrinho de bebê. Ela estava a alguns metros de casa e poderia ter voltado à loja para devolvê-las, mas desistiu. Não contou isso para Paul. Não tinha nenhuma importância, mas ela não conseguia parar de pensar no assunto. Regularmente, depois desse episódio, ia ao Monoprix e escondia no carrinho do filho um xampu, um creme ou um batom que não ia pagar. Sabia muito bem que, se a pegassem, bastaria fazer o papel de mãe sobrecarregada e, sem dúvida, acreditariam na sua boa-fé. Esses voos ridículos a deixavam em transe. Ria sozinha na rua, com a impressão de caçoar do mundo inteiro.

Quando reencontrou Pascal por acaso, viu isso como um sinal. Seu antigo colega de faculdade de Direito não a reconheceu de imediato: ela usava uma calça larga demais, botas velhas e estava com os cabelos sujos presos em um coque. Myriam estava de pé, na frente do carrossel do qual Mila se recusava a descer.

— É a última volta — ela repetia a cada vez que a filha, agarrada a seu cavalo, passava na frente dela e acenava.

Levantou os olhos: Pascal sorria, os braços abertos para demonstrar alegria e surpresa. Ela devolveu o sorriso, as mãos agarrando o carrinho. Pascal não tinha muito tempo, mas por sorte seu compromisso era do lado da casa de Myriam.

— Eu tinha que voltar pra casa de qualquer jeito. Vamos juntos? — ela propôs.

Myriam se jogou sobre Mila, que soltou gritos estridentes. Ela se recusava a ir embora, e Myriam teimava em sorrir, fazendo de conta que controlava a situação. Ela não parava de pensar na velha blusa de gola puída que vestia sob o casaco e que Pascal devia ter notado. Passava a mão freneticamente nas têmporas, como se isso fosse suficiente para pôr em ordem os cabelos secos e emaranhados. Pascal parecia não perceber nada. Falou do escritório que tinha aberto com dois colegas da faculdade, das dificuldades e alegrias de ser seu próprio chefe. Ela bebia suas palavras. Mila não parava de interrompê-la, e Myriam teria dado qualquer coisa para ela se calar. Sem abandonar o olhar de Pascal, mexeu nos bolsos, na bolsa, em busca de uma chupeta, uma bala, qualquer coisa que garantisse o silêncio da filha.

Pascal mal olhou as crianças. Não perguntou seus nomes. Nem Adam, dormindo no carrinho, com o rosto calmo e adorável, o enterneceu ou emocionou.

— É aqui.

Pascal a beijou no rosto. Disse:

— Fiquei muito feliz em te ver.

E entrou em um prédio com uma porta azul pesada que, ao bater, assustou Myriam. Ela começou a rezar em silêncio. Ali, na rua, estava tão desesperada que poderia se sentar no chão e chorar. Queria se agarrar à perna de Pascal, implorar para levá-la com ele, para lhe dar uma chance. Voltando para casa, sentia-se completamente abatida. Olhou Mila, que brincava tranquila. Deu banho no bebê e disse a si mesma que aquela felicidade simples, muda, prisional, não era suficiente para consolá-la. Pascal, sem dúvida, devia ter rido dela. Talvez tivesse até telefonado para antigos colegas da faculdade para contar a vida patética de Myriam, que "não é mais a mesma", que "não teve a carreira que a gente pensava que teria".

Durante toda a noite, conversas imaginárias roeram seu espírito. No dia seguinte, ela tinha acabado de sair do banho quando ouviu o som de uma mensagem chegando. "Não sei se você pensa em voltar para o Direito. Se te interessar, podemos conversar." Myriam só faltou gritar de alegria. Pôs-se a pular pelo apartamento e abraçou Mila, que dizia:

— O que foi, mamãe? Por que você está rindo?

Mais tarde, Myriam se perguntou se Pascal tinha percebido seu desespero ou se tinha apenas considerado um golpe de sorte topar com Myriam Charfa, a estudante mais séria que ele já tinha encontrado. Talvez ele tenha pensado que era abençoado por poder contratar uma mulher como ela, recolocá-la no caminho dos tribunais.

Myriam falou com Paul e ficou decepcionada com sua reação. Ele deu de ombros.

— Eu não sabia que você tinha vontade de trabalhar.

Isso a deixou irritada, mais do que deveria. A conversa se inflamou rápido. Ela o chamou de egoísta, ele considerou o comportamento dela inconsequente.

— Você vai trabalhar, tudo bem, mas o que a gente faz com as crianças?

Ele ironizava, fazendo as ambições dela parecerem ridículas, dando ainda mais a impressão de que ela estava aprisionada naquele apartamento.

Depois de se acalmarem, estudaram as opções com paciência. Era fim de janeiro: nem valia a pena procurar vaga em creche ou berçário. Eles não conheciam ninguém na prefeitura. E, se ela voltasse a trabalhar, eles ficariam na faixa salarial mais perversa: ricos demais para solicitar um auxílio do governo e pobres demais para que a contratação de uma babá não representasse um sacrifício. Mas essa foi, finalmente, a solução que escolheram, depois que Paul afirmou:

— Contando as horas extras, a babá e você vão ganhar mais ou menos a mesma coisa. Mas, enfim, se você acha que isso pode te distrair...

Myriam guardou um gosto amargo dessa discussão. Ficou magoada com Paul.

Ela quis fazer as coisas direito. Para garantir, foi a uma agência que acabara de abrir no bairro. Um escritório pequeno, decorado com simplicidade, mantido por duas jovens de uns trinta anos. A fachada, pintada de azul-bebê, estava enfeitada com estrelas e pequenos dromedários dourados. Myriam tocou a campainha. Através da vidraça, a dona a mediu. Levantou-se lentamente e passou a cabeça pela fresta da porta.

— Sim?

— Bom dia.

— Você veio se cadastrar? Precisamos de um dossiê completo. Currículo e referências assinadas pelos seus antigos empregadores.

— Não, não é isso. Eu vim por causa dos meus filhos. Estou procurando uma babá.

O rosto da moça se transformou por completo. Pareceu contente por receber uma cliente e, por isso, envergonhada por sua atitude. Mas como ela poderia ter pensado que essa mulher cansada, com cabelos duros e encaracolados, era a mãe da menina bonitinha que choramingava na calçada?

A gerente abriu um grande catálogo sobre o qual Myriam se debruçou.

— Sente-se — ela disse.

Dezenas de fotografias de mulheres, a maioria africanas ou filipinas, desfilavam diante dos olhos de Myriam. Mila se divertia. Dizia:

— Essa aqui é feia, né?

Sua mãe a repreendia e ela voltava tristinha para os retratos sem foco ou mal enquadrados nos quais nenhuma mulher sorria.

Não tinha gostado da gerente. Sua hipocrisia, seu rosto redondo e corado, seu lenço puído em volta do pescoço. Seu racismo, evidente à primeira vista. Tudo lhe dava vontade de fugir. Myriam se despediu dela. Prometeu que falaria com o marido e nunca mais voltou. Em vez disso, foi ela mesma colocar um pequeno anúncio nas lojas do bairro. Aconselhada por uma amiga, inundou a internet com anúncios onde se lia URGENTE. Em uma semana, eles receberam seis telefonemas.

Ela aguarda essa babá como ao Messias, mesmo aterrorizada com a ideia de deixar os filhos. Conhece tudo sobre eles e queria guardar esse conhecimento para si. Sabe seus gostos, suas manias. Adivinha logo quando um deles está doente ou triste. Nunca tirou os olhos deles, convencida de que ninguém poderia protegê-los tão bem quanto ela.

Desde que nasceram, ela tem medo de tudo. Tem, acima de qualquer coisa, medo de que eles morram. Nunca fala disso, nem aos amigos nem a Paul, mas está certa de que todos pensam o mesmo. Tem certeza de que, assim como com ela, já aconteceu de se perguntarem, enquanto olham para os filhos dormindo, o que sentiriam se aquele corpo fosse um cadáver, se seus olhos fechados ficassem assim para sempre. Cenas atrozes se esboçavam, cenas que ela afastava balançando a cabeça, recitando orações, batendo na madeira e na hamsá que tinha herdado de sua mãe. Afasta o mau-olhado, a doença, os acidentes, os apetites perversos dos predadores. Sonha, à noite, com seu desaparecimento repentino no meio de uma multidão indiferente. Grita "Onde estão meus filhos?" e as pessoas riem. Pensam que ela está louca.

— Ela está atrasada. Já começou mal.

Paul se impacienta. Vai até a porta de entrada e espia pelo olho mágico. São duas e quinze e a primeira candidata, uma filipina, ainda não chegou.

Às duas e vinte, Gigi bate de leve na porta. Myriam vai abrir. Nota na hora que a mulher tem pés bem pequenos. Apesar do frio, usa tênis de tecido e meias soquete brancas com babados. Perto dos cinquenta, tem os pés de uma criança. Bem elegante, cabelos presos em uma trança que cai no meio das costas. Paul comenta, seco, seu atraso e Gigi baixa a cabeça murmurando desculpas. Ela fala francês muito mal. Sem convicção, Paul começa uma entrevista em inglês. Gigi fala de sua experiência. Dos filhos que deixou em seu país, do mais jovem que ela não vê há dez anos. Ele não vai contratá-la. Faz algumas perguntas pró-forma e às duas e meia a acompanha até a porta.

— Nós ligaremos pra você. *Thank you.*

Em seguida Grace, uma marfinense sorridente e ilegal. Caroline, uma loura obesa de cabelo sujo, que passa a entrevista se queixando de seu problema de dor nas costas e de circulação venosa. Malika, uma marroquina de certa idade, que ressaltou seus vinte anos de experiência e seu amor pelas crianças. Myriam tinha sido muito clara. Ela não quer uma magrebina para cuidar das crianças.

— Seria bom — Paul tentou convencê-la. — Ela falaria em árabe com eles, já que você não quer fazer isso.

Mas Myriam se recusa, resoluta. Teme que se instale uma cumplicidade tácita, uma familiaridade entre elas duas. Que a outra comece a fazer observações em árabe. A contar sua vida e, logo, logo, a pedir mil coisas em nome de sua língua e da religião comum. Ela sempre desconfiou do que chama de solidariedade entre imigrantes.

E então Louise chegou. Quando narra esse primeiro encontro, Myriam adora falar do que foi uma certeza. Como uma paixão à primeira vista. Insiste sobretudo na forma como sua filha se comportou.

— Foi ela quem escolheu — gosta de afirmar.

Mila tinha acabado de acordar da soneca, arrancada do sono pelos gritos estridentes do irmão. Paul foi buscar o bebê, seguido muito de perto pela menina, que se escondia entre suas pernas. Myriam descreve essa cena ainda fascinada pela segurança da babá. Louise se levantou, pegou Adam com cuidado do colo do pai e fez de conta que não via Mila.

— Onde está a princesa? Achei que tinha visto uma princesa, mas ela desapareceu.

Mila começou a rir alto, e Louise continuou seu jogo, procurando nos cantos, sob a mesa, atrás do sofá, a misteriosa princesa desaparecida.

Eles fazem algumas perguntas. Louise conta que seu marido morreu, que sua filha, Stéphanie, está grande agora - "quase vinte anos, é inacreditável" -, que ela, Louise, tem bastante disponibilidade. Estende para Paul um papel onde estão os nomes dos antigos patrões. Fala dos Rouvier, que estão no alto da lista.

— Fiquei na casa deles por muito tempo. Eles tinham duas crianças também. Dois meninos.

Paul e Myriam são seduzidos por Louise, por seus traços lisos, seu sorriso franco, seus lábios que não tremem. Ela parece imperturbável. Tem o olhar de uma mulher que pode compreender e perdoar tudo. Seu rosto é como um mar calmo, de cujos abismos ninguém poderia suspeitar.

Na mesma noite eles telefonam para o casal com o número que Louise tinha deixado. Uma mulher responde, um pouco fria. Quando ouve o nome de Louise, muda de tom na hora.

— Louise? Que sorte a de vocês de tê-la encontrado. Ela foi como uma segunda mãe pros meus meninos. Foi de partir o coração quando tivemos de nos despedir. Pra dizer a verdade, na época até pensei em ter um terceiro filho pra poder ficar com ela.

Louise abre as venezianas de seu apartamento. Passa um pouco das cinco da manhã e, lá fora, os postes ainda estão acesos. Um homem anda na rua, beirando as paredes para evitar a chuva. O aguaceiro durou a noite toda. O vento assobiou nas calhas e assombrou seus sonhos. Parecia que a chuva caía na horizontal para bater em cheio na fachada do prédio e nas janelas. Louise gosta de olhar para fora. Bem na frente de seu prédio, entre duas construções sinistras, há uma casinha cercada por um jardim cerrado. Um casal jovem se mudou para lá no começo do verão, parisienses e seus filhos que brincam no balanço e limpam a horta no domingo. Louise se pergunta o que eles vieram fazer nesse bairro.

A falta de sono a faz tremer. Ela arranha o canto da janela com a ponta da unha. Gosta de limpar os vidros, freneticamente, duas vezes por semana, porque eles parecem sempre baços, cobertos de poeira e manchas escuras. Às vezes ela tinha vontade de limpar até quebrar. Arranha, com mais e mais força, com a ponta do indicador, e sua unha se quebra. Leva o dedo à boca e o chupa para parar de sangrar.

O apartamento só tem um cômodo, que Louise faz de quarto e sala ao mesmo tempo. Ela toma o cuidado, a cada manhã, de fechar o sofá-cama e cobri-lo com uma capa preta. Faz suas refeições na mesinha de centro, com a televisão sempre ligada. Perto da parede, umas caixas ainda estão fechadas. Elas contêm alguns objetos que talvez pudessem dar vida a esse apartamento sem alma. À direita do sofá, em uma moldura brilhante, está a foto de uma adolescente de cabelos vermelhos.

Estendeu delicadamente a saia longa e a blusa no sofá. Junta do chão as sapatilhas compradas há mais de dez anos, mas das quais cuidara tanto que ainda pareciam novas. São envernizadas, bem simples, com saltos quadrados e enfeitadas em cima com um pequeno laço. Senta-se e começa a limpar uma delas, mergulhando um pedaço de algodão em um pote de creme demaquilante. Seus gestos são lentos e precisos. Limpa com um cuidado nervoso, inteiramente absorvida pela tarefa. O algodão ficou coberto de sujeira. Louise aproxima o calçado da lâmpada da mesinha. Quando o verniz já parece brilhante, deixa aquele e pega o outro.

É tão cedo que ela tem tempo de refazer as unhas estragadas pela limpeza da casa. Envolve o indicador com um curativo e passa um esmalte rosa, bem discreto, nos outros dedos. Pela primeira vez, e apesar do preço, pintou os cabelos no salão. Ela os prendeu em coque logo acima da nuca. Se maquia e a sombra azul a envelhece, ela que tem a silhueta tão delicada, tão pequena, que de longe poderia aparentar ter vinte anos. Tem, entretanto, mais que o dobro.

Anda para lá e para cá no cômodo que nunca lhe pareceu tão pequeno, tão estreito. Senta-se e levanta quase em seguida. Poderia ligar a televisão. Beber um chá. Ler um número antigo da revista feminina que deixa perto da cama. Mas tem medo de relaxar, deixar o tempo correr, ceder ao torpor. Esse despertar matinal a deixou frágil, vulnerável. Bastaria quase nada para que fechasse os olhos por um minuto, adormecesse e chegasse atrasada. Precisa manter o espírito vivo, conseguir concentrar toda sua atenção nesse primeiro dia de trabalho.

Não conseguiu esperar em casa. Ainda não são seis horas, ela está muito adiantada, mas anda rápido para a estação do trem. Leva mais de quinze minutos para chegar à estação de Saint-Maur-des-Fossés. No vagão, senta em frente a um velho chinês que dorme encolhido com o rosto contra o vidro. Olha fixo seu rosto esgotado. A cada estação ela hesita em acordá-lo. Tem medo de que ele se perca, que vá longe demais, que abra seus olhos, sozinho, no terminal e que seja obrigado a fazer o caminho de volta. Mas não diz nada. É melhor não falar com as pessoas. Uma vez, uma jovem morena, muito bonita, quase bateu nela.

— Por que você tá me olhando? Hein? Que é que você tem que me olhar? — gritava.

Chegando em Auber, Louise desce na plataforma. Começa a aparecer mais gente, uma mulher esbarra nela quando sobe as escadas para a plataforma do metrô. Um cheiro repugnante de croissant e chocolate queimado lhe dá engulhos. Pega a linha 7 na estação Opéra e volta para a superfície na estação Poissonnière.

Louise está quase uma hora adiantada e senta no terraço do Le Paradis, um café sem charme de onde pode observar a entrada do prédio. Brinca com a colher. Olha com inveja o homem à direita que traga seu cigarro com uma boca carnuda e depravada. Ela gostaria de pegá-lo nas mãos e aspirá-lo em uma longa tragada. Não aguenta mais, paga o café e entra no prédio silencioso. Em quinze minutos ela vai tocar a campainha e, enquanto espera, fica sentada em um degrau entre dois andares. Ouve um barulho e mal tem tempo de se levantar quando vê Paul, que desce as escadas saltitando. Carrega sua bicicleta embaixo do braço e usa um capacete rosa na cabeça.

— Louise? Você está aí há muito tempo? Por que não entrou?

— Não queria incomodar.

— Você não incomoda, pelo contrário. Olha, estas são as suas chaves — ele diz, tirando um chaveiro do bolso. — Entre, sinta-se em casa.

— Minha babá é uma fada.

É o que diz Myriam quando fala da aparição de Louise no cotidiano deles. Ela deve ter poderes mágicos, só assim para ter transformado esse apartamento abafado, exíguo, em um lugar calmo e claro. Louise empurrou as paredes. Deixou os armários mais profundos, as gavetas mais largas. Ela fez a luz entrar.

No primeiro dia, Myriam lhe dá algumas instruções. Mostra como funcionam os aparelhos. Repete, apontando para objetos ou roupas:

— Tome cuidado com isso. É algo de que gosto muito.

Faz recomendações sobre a coleção de vinis de Paul, em que as crianças não podem mexer. Louise aquiesce, muda e dócil. Observa cada cômodo com a confiança de um general frente a uma terra a conquistar.

Nas semanas seguintes a sua chegada, Louise faz desse rascunho de apartamento um perfeito interior burguês. Impõe suas maneiras antigas, seu gosto pela perfeição. Myriam e Paul se assustam. Ela prega os botões das roupas que eles não usam mais por preguiça de procurar uma agulha. Refaz as barras das saias e das calças. Reforma as roupas de Mila que

Myriam já ia jogar fora sem dó. Louise lava as cortinas amareladas pela fumaça do cigarro e pela poeira. Uma vez por semana troca a roupa de cama. Paul e Myriam ficam contentes. Paul diz, sorrindo, que ela parece a Mary Poppins. Não tem certeza de que ela entendeu o elogio.

À noite, no conforto de lençóis frescos, o casal ri, incrédulo, dessa nova vida que levam. Eles têm a sensação de ter encontrado uma pérola rara, de terem sido abençoados. Claro, o salário de Louise pesa no orçamento familiar, mas Paul não se queixa mais. Em algumas semanas a presença de Louise se tornou indispensável.

À noitinha, quando Myriam volta para casa, encontra o jantar pronto. As crianças estão calmas e penteadas. Louise evoca e satisfaz os fantasmas de família ideal que Myriam tem vergonha de alimentar. Ela ensinou Mila a arrumar suas coisas, e a menininha pendura, sob os olhos estupefatos dos pais, seu casaco no cabideiro.

As coisas inúteis desapareceram. Com ela, nada mais se acumula, nem a louça, nem as roupas sujas, nem os envelopes que esquecemos de abrir e que encontramos um dia embaixo de uma revista velha. Nada apodrece, nada passa da validade. Louise não negligencia nada. Louise é escrupulosa. Ela anota tudo em um caderninho com capa florida. Os horários da dança, das saídas da escola, as consultas com o pediatra. Copia o nome dos medicamentos que as crianças tomam, o preço do sorvete que comprou no carrossel e a frase exata que a professora de Mila falou.

Ao fim de algumas semanas, não hesita mais em trocar as coisas de lugar. Esvazia os armários, pendura sachês de lavanda entre os casacos. Ela faz buquês de flores. Experimenta um contentamento sereno quando, com Adam dormindo e Mila na escola, pode sentar e contemplar seu trabalho. O apartamento silencioso está inteiro sob seu jugo, como um inimigo que tivesse pedido misericórdia.

Mas é na cozinha que ela realiza a mais admirável das maravilhas. Myriam confessou que não sabia fazer nada e que não se interessava por isso. A babá prepara refeições que Paul acha extraordinárias e as crianças devoram sem uma palavra e sem que jamais seja preciso dizer que limpem seus pratos. Myriam e Paul voltam a receber amigos, que se regalam com os cozidos de vitela, os guisados, os *jarrets* com sálvia e legumes crocantes que Louise prepara. Eles parabenizam Myriam, cobrem-na de elogios, mas ela sempre confessa:

— Foi minha babá quem fez tudo.

Quando Mila está na escola, Louise amarra Adam contra seu corpo com uma grande echarpe. Ela gosta de sentir as coxas gordinhas da criança na sua barriga, a saliva que corre em seu pescoço quando ele adormece. Canta o dia todo para esse bebê cuja preguiça admira. Ela o aperta, se orgulha de suas dobrinhas, das bochechas rosadas e fofas. De manhã a criança a acolhe balbuciando, com os braços gordos estendidos para ela. Nas semanas que se seguem à chegada de Louise, Adam aprende a andar. Ele, que chorava todas as noites, dorme agora um sono tranquilo até de manhã.

Mila, por sua vez, é mais arredia. É uma menininha frágil com porte de bailarina. Louise faz coques tão apertados nela que a menina fica com os olhos puxados, esticados na direção das têmporas. Ela então fica parecida com uma dessas heroínas da Idade Média com o rosto largo, o olhar nobre e frio. Mila é uma criança difícil, cansativa. Responde a todas as contrariedades com gritos. Se joga no chão em plena rua, esperneia, se deixa arrastar para humilhar Louise. Quando a babá abaixa e tenta falar com ela, Mila olha para o outro lado. Conta em voz alta as borboletas do papel de parede. Olha no espelho enquanto chora. Essa criança é obcecada pelo próprio reflexo.

Na rua, fica com os olhos grudados nas vitrines. Várias vezes ela trombou contra pilares ou tropeçou em pequenos obstáculos da calçada, distraída que estava com a contemplação de si mesma.

Mila é maligna. Ela sabe que as pessoas observam e que Louise tem vergonha na rua. A babá cede mais rápido quando estão em público. Louise precisa fazer voltas para evitar as lojas de brinquedos da avenida, onde a criança solta gritos estridentes. A caminho da escola, Mila faz corpo mole. Rouba uma framboesa da bancada de uma quitanda. Sobe na soleira das vitrines, se esconde nas entradas dos prédios e foge correndo. Louise tenta correr com o carrinho, berra o nome da menina, que só para na beira da calçada. Às vezes, Mila se arrepende. Ela se preocupa com a palidez de Louise e com os sustos que provoca. Volta boazinha, dengosa, e é perdoada. Agarra as pernas da babá. Chora e pede carinho.

Aos poucos, Louise doma a criança. Dia após dia ela conta histórias em que aparecem sempre os mesmos personagens. Órfãos, menininhas perdidas, princesas prisioneiras e castelos abandonados a ogros terríveis. Uma fauna estranha, feita de passarinhos de bicos tortos, ursos com uma perna só e unicórnios melancólicos, povoa as paisagens de Louise. A garotinha se cala. Ela pede a volta dos personagens. De onde vêm essas histórias? Emanam dela, em fluxo contínuo, sem que ela pense, sem que faça o menor esforço de memória ou imaginação. Mas em que lago negro, em que floresta profunda ela foi pescar esses contos cruéis onde os bons morrem no final, mas não sem antes terem salvado o mundo?

Myriam sempre fica decepcionada quando ouve abrir a porta do escritório de advogados em que trabalha. Por volta das nove e meia, seus colegas começam a chegar. Eles tomam um café, os telefones berram, o assoalho estala, a calma foi quebrada.

Myriam chega ao escritório antes das oito horas. Ela é sempre a primeira. Acende só a pequena lâmpada da escrivaninha. Sob esse halo de luz, no silêncio da caverna, reencontra a concentração dos seus anos de estudante. Esquece tudo e mergulha com deleite no exame dos processos. Às vezes ela caminha pelo corredor escuro com um documento na mão e fala sozinha. Fuma um cigarro na sacada enquanto toma seu café.

No dia em que voltou a trabalhar, Myriam acordou ao amanhecer com uma excitação infantil. Pôs uma saia nova, saltos, e Louise exclamou:

— A senhora é muito bonita.

Na porta, com Adam nos braços, a babá empurrou a patroa para fora.

— Não se preocupe conosco — ela repetiu. — Aqui vai ficar tudo bem.

Pascal acolheu Myriam calorosamente. Deu a ela a sala que se comunica com a dele por uma porta que eles quase sempre deixam entreaberta. Apenas duas ou três semanas depois de ela chegar, Pascal lhe confiou responsabilidades a que os colaboradores mais antigos jamais tinham tido direito. Com o passar dos meses, Myriam cuida sozinha dos casos de dezenas de clientes. Pascal a encoraja a ganhar experiência e a desenvolver sua força de trabalho, que ele sabe ser imensa. Ela nunca diz não. Não recusa nenhum dos processos que Pascal lhe passa, nunca se queixa de ficar até tarde. Pascal diz muitas vezes:

— Você é perfeita.

Durante meses ela padece com pequenos casos. Defende traficantes terríveis, alguns imbecis, um exibicionista, assaltantes sem talento, bêbados pegos dirigindo. Trata dos casos de superendividamento, fraudes com cartão de crédito, roubos de identidade.

Pascal conta com ela para prospectar clientes e a encoraja a destinar algum tempo ao voluntariado jurídico. Duas vezes por mês ela vai ao tribunal de Bobigny e atende no corredor, até as nove da noite, os olhos grudados no relógio, e o tempo que não passa. Às vezes ela se aborrece, responde de maneira brusca a clientes meio perdidos. Mas dá o seu melhor e consegue tudo o que pode. Pascal repete sem parar:

— Você tem que conhecer seu processo de cor.

E ela se aplica nisso. Relê os autos dos processos até tarde da noite. Levanta a menor imprecisão, percebe o menor erro de procedimento. Coloca ali um furor obsessivo que acaba valendo a pena. Antigos clientes a recomendam a amigos. Seu nome circula entre os detentos. Um jovem que ela conseguiu livrar da cadeia prometeu recompensá-la.

— Você me tirou de lá. Eu nunca vou me esquecer disso.

Uma vez, ela foi chamada no meio da noite para atender a uma prisão provisória. Um antigo cliente tinha sido detido por violência doméstica. Ele jurou, no entanto, que seria incapaz de bater em uma mulher. Ela se vestiu no escuro, às duas horas da madrugada, sem fazer barulho, e se inclinou sobre Paul para beijá-lo. Ele resmungou e se virou.

Seu marido vive dizendo que ela trabalha demais, e isso a deixa com raiva. Ele se espanta com a reação dela, se faz de indulgente. Finge se preocupar com sua saúde, temer que Pascal a explore. Ela tenta não pensar nas crianças, não se deixar roer pela culpa. Às vezes chega a imaginar que todos se uniram contra ela. Sua sogra tenta persuadi-la de que "se Mila fica doente com tanta frequência, é porque se sente sozinha". Seus colegas nunca a convidam para beber alguma coisa depois do trabalho e se espantam pelas noites que ela passa no escritório. "Mas você não tem filhos?" Até a professora, que um dia a chamou para tratar de um incidente idiota entre Mila e uma colega de classe. Quando Myriam se desculpou por ter faltado nas últimas reuniões e por ter enviado Louise no seu lugar, a professora grisalha fez um gesto largo com as mãos.

— Se a senhora soubesse! É o mal do século. Todas essas pobres crianças estão abandonadas a si mesmas, enquanto os pais são devorados pela mesma ambição. É simples, eles correm o tempo todo. A senhora sabe qual é a frase que os pais mais dizem a seus filhos? "Vamos logo!" E, claro, somos nós que aguentamos tudo. As crianças nos fazem pagar por sua angústia e seu sentimento de abandono.

Myriam ficou com uma vontade louca de colocá-la no seu lugar, mas era incapaz disso. Será que era por causa daquela cadeirinha, em que mal conseguia ficar sentada, nessa sala que cheirava a pintura e massa de modelar? A decoração, a voz da coordenadora a levavam à força de volta à infância, essa idade de obediência e constrangimento. Myriam sorriu. Agradeceu estupidamente e prometeu que Mila faria alguns progressos. Segurou-se para não jogar na cara daquela harpia velha sua misoginia e suas lições de moral. Tinha muito medo de que a senhora de cabelos grisalhos se vingasse em sua filha.

Quanto a Pascal, ele parece entender a raiva que a habita, sua fome imensa de reconhecimento e de desafios proporcionais a sua capacidade. Entre Pascal e ela tem início um embate em que ambos sentem um prazer ambíguo. Ele a provoca e ela aguenta o tranco. Ele a esgota, ela não o desaponta. Uma noite, ele a convida para beber alguma coisa depois do trabalho.

— Vai fazer seis meses que você está com a gente e isso tem que ser comemorado, né?

Eles andam em silêncio na rua. Ele abre a porta do bistrô e ela sorri. Sentam-se em bancos estofados ao fundo do salão. Pascal pede uma garrafa de vinho branco. Falam de um processo em andamento e, muito rápido, começam a falar de seus anos de estudante. A grande festa que a amiga deles, Charlotte, tinha organizado em sua mansão no décimo oitavo *arrondissement*. A crise de pânico, absolutamente hilária, da pobre Céline no dia das provas orais. Myriam bebe rápido e Pascal a faz rir. Ela não tem vontade de voltar para casa. Queria não ter que avisar ninguém, queria não ter ninguém que a esperasse. Mas Paul existe. E ela tem filhos.

Uma tensão erótica leve, picante, queima sua garganta e seus seios. Passa a língua nos lábios. Tem vontade de fazer alguma coisa. Pela primeira vez depois de muito tempo, ela experimenta um prazer gratuito, fútil, egoísta. Um desejo por si mesma. Ela até ama Paul, o corpo de seu marido é carregado de lembranças. Quando ele a penetra, é em seu ventre de mãe que ele entra, seu ventre pesado, onde o esperma de Paul tantas vezes se alojou. Seu ventre de dobras e vazios, onde construíram sua casa, onde floresceram tantas preocupações e tantas alegrias. Paul massageou suas pernas inchadas e roxas. Viu o sangue aparecer no lençol. Paul segurou seus cabelos e sua testa enquanto ela vomitava, agachada. Ele a ouviu gritar. Umedeceu seu rosto coberto de angiomas enquanto ela paria. Ele extraiu dela seus filhos.

* * *

Ela sempre afastou a ideia de que seus filhos pudessem ser um entrave a seu sucesso, a sua liberdade. Como uma âncora que puxa para baixo, que afunda o rosto do afogado na lama. Essa tomada de consciência a princípio a fez mergulhar em uma tristeza profunda. Achava isso injusto, terrivelmente frustrante. Percebeu que jamais poderia viver sem o sentimento de estar incompleta, de fazer as coisas mal, de sacrificar uma parte de sua vida em função da outra. Tinha feito um drama ao se recusar a renunciar ao sonho dessa maternidade ideal. Teimando em achar que tudo era possível, que ela alcançaria todos os seus objetivos, que ela não ficaria nem amarga, nem esgotada. Não faria o papel nem da mártir, nem da Mãe Coragem.

Todo dia, ou quase, Myriam recebe uma notificação de atualização de sua amiga Emma. Ela posta nas redes sociais retratos em sépia de suas duas crianças louras. Crianças perfeitas que brincam em um parque e que ela matriculou em uma escola que desenvolverá os dons que ela desde já adivinha neles. Ela deu a eles nomes impronunciáveis, saídos da mitologia nórdica, cujo significado ela adora explicar. Emma também está bonita nas fotografias. Já seu marido nunca aparece, eternamente devotado a retratar uma família ideal à qual ele só pertence como espectador. Mas ele se esforça para entrar no foco. Ele, que usa barba, pulôveres de lã natural, que usa calças justas e desconfortáveis para trabalhar.

Myriam não ousaria jamais confessar a Emma esse pensamento fugaz que a atravessa, essa ideia que não é cruel, mas que envergonha, e que lhe ocorre enquanto observa Louise e suas crianças. Nós só seremos felizes, ela diz então a si mesma, quando não precisarmos mais uns dos outros. Quando pudermos viver uma vida para nós mesmos, uma vida que nos pertença, que não tenha a ver com os outros. Quando formos livres.

Myriam se dirige à porta e olha pelo olho mágico. A cada cinco minutos, repete:

— Eles estão atrasados.

Deixa Mila nervosa. Sentada na beira do sofá, em seu horrendo vestido de tafetá, Mila está com os olhos cheios de lágrimas.

— Você acha que eles não vão vir?

— Claro que vão — responde Louise. — Dê um tempo que eles chegam.

Os preparativos para o aniversário de Mila tomaram proporções que fugiram ao alcance de Myriam. Há duas semanas Louise só fala disso. À noite, quando Myriam chega esgotada do trabalho, Louise mostra as guirlandas que ela mesma fez. Descreve com uma voz histérica esse vestido de tafetá que encontrou em uma loja e que, tem certeza, deixará Mila louca de alegria. Muitas vezes Myriam teve que se conter para não ser ríspida com ela. Está cansada dessas preocupações ridículas. Mila é tão pequena! Ela não vê necessidade de se colocar em tal situação. Mas Louise a olha, com seus olhinhos bem abertos. Toma Mila, que exulta de felicidade, como testemunha. É só o que conta, o prazer dessa princesa, o encantamento do próximo aniversário. Myriam modera seu sarcasmo. Ela se sente um pouco desarmada e acaba prometendo que fará o seu melhor para estar no aniversário.

Louise decidiu fazer a festa em uma quarta-feira à tarde. Queria ter certeza de que as crianças estariam em Paris e de que todo mundo estaria presente. Myriam foi trabalhar de manhã e jurou voltar depois do almoço.

Quando chegou em casa, no começo da tarde, quase soltou um grito. Não reconhecia seu próprio apartamento. A sala estava transformada, transbordando de lantejoulas, bexigas, guirlandas de papel. O sofá tinha inclusive sido retirado para permitir que as crianças brincassem. E mesmo a mesa de carvalho, tão pesada que nunca tinha mudado de lugar desde a chegada deles, havia sido deslocada para o outro lado do cômodo.

— Mas quem mexeu nesses móveis? Foi o Paul que te ajudou?

— Não — disse Louise. — Fiz tudo sozinha.

Myriam, incrédula, teve vontade de rir. É uma piada, ela pensa, olhando os bracinhos da babá, tão finos quanto palitos. Depois lembrou que já tinha percebido a força espantosa de Louise. Uma ou duas vezes ela se impressionou pelo modo como ela pegava pacotes pesados e volumosos, ao mesmo tempo em que segurava Adam no colo. Atrás de um físico frágil, pequeno, Louise esconde um vigor de colosso.

Durante toda a manhã, Louise encheu balões, para os quais deu formas de animais, e os prendeu por todos os lugares, do hall até as gavetas da cozinha. Ela mesma fez o bolo de aniversário, uma enorme charlote de frutas vermelhas coberta de enfeites.

Myriam se ressente de ter perdido a tarde de trabalho. Ela estaria tão bem na calma de seu escritório. O aniversário da filha a angústia. Tem medo de assistir ao espetáculo de crianças que se entediam e se impacientam. Não quer ter de argumentar com os que brigarem, nem consolar aqueles cujos pais se atrasarem para buscá-los. Lembranças desconfortáveis de sua própria infância vêm a sua memória. Ela se revê sentada em um espesso tapete de lã branca, isolada do grupo de menininhas que brincavam de cozinha. Ela tinha deixado um pedaço de chocolate derreter entre os fios da lã, depois tinha tentado limpar a sujeira e só piorado as coisas. A mãe do anfitrião tinha brigado com ela na frente de todo mundo.

Myriam se esconde no quarto, fecha a porta e faz de conta que está absorvida pela leitura de e-mails. Sabe que, como sempre, pode contar com Louise. A campainha começa a tocar. A sala se enche de barulhos infantis. Louise colocou música. Myriam sai discretamente do quarto e observa as crianças, aglutinadas em volta da babá. Giram em volta dela, totalmente cativadas. Ela preparou canções e truques de mágica. Ela se disfarça diante de seus olhos estupefatos, e as crianças, que não são fáceis de enganar, sabem que a babá é uma delas. Está lá, vibrante, alegre, traquinas. Entoa canções, faz barulhos de animais. Até carrega Mila e um colega nas costas, na frente de crianças que riem até chorar e imploram para participar também do rodeio.

Myriam admira em Louise essa capacidade de brincar de verdade. Ela brinca, animada por essa força que só as crianças têm. Uma tarde, ao voltar para casa, Myriam encontra Louise deitada no chão, com o rosto todo pintado. Nas bochechas e na testa, traços pretos largos criam uma máscara de guerreira. Fez em si mesma um adorno indígena para o cabelo com papel crepom. No meio da sala, construiu uma tenda meio torta com um lençol, uma vassoura e uma cadeira. Em pé na soleira da porta, Myriam está perturbada. Ela observa Louise, que se contorce e solta gritos selvagens, e fica assustadoramente incomodada. A babá parece bêbada. É o primeiro pensamento que lhe ocorre. Percebendo isso, Louise se levanta com as bochechas vermelhas, o andar hesitante.

— Minhas pernas estão formigando — diz, se desculpando.

Adam está agarrado a sua perna e Louise ri um riso que ainda pertence ao lugar imaginário em que tinham criado a brincadeira.

Talvez, Myriam se tranquiliza, Louise seja mesmo uma criança. Ela leva as brincadeiras que faz com Mila muito a sério. Se divertem, por exemplo, com polícia e ladrão, e Louise se deixa trancar atrás de grades imaginárias. Às vezes é ela que representa a ordem e corre atrás de Mila. A cada vez inventa uma geografia precisa, que Mila precisa memorizar. Costura fantasias, elabora um cenário cheio de detalhes. Prepara a decoração com cuidado minucioso. A criança às vezes se cansa. "Vamos começar logo!", ela suplica.

Myriam não sabe, mas o que Louise prefere é brincar de esconde-esconde. Só que ninguém deve contar até dez e não há regras. A brincadeira se sustenta no efeito surpresa. Sem aviso, Louise desaparece. Encolhe-se em um canto e deixa que as crianças a procurem. Costuma escolher lugares dos quais, escondida, possa continuar a observá-los. Escorrega para baixo da cama ou para trás de uma porta e não se mexe. Segura a respiração.

Mila entende então que a brincadeira começou. Grita como louca e bate palmas. Adam a segue. Ele ri tanto que não consegue ficar em pé e cai sentado várias vezes. Eles a chamam, mas Louise não responde.

— Louise? Onde você está?

— Cuidado, Louise, estamos chegando, vamos te encontrar.

Louise não diz nada. Não sai de seu esconderijo, nem quando eles berram, quando choram, quando se desesperam. Encoberta na sombra, espia o pânico de Adam, prostrado, agitado por soluços. Ele não entende. Chama "Louise" engolindo a última sílaba, enquanto a baba escorre de seus lábios e as bochechas ficam roxas de raiva. Mila também acaba sentindo medo. Por um instante começa a acreditar que Louise foi mesmo embora, que ela os abandonou nesse apartamento em que a noite vai cair, que eles estão sozinhos e que ela não voltará mais. A angústia é insuportável e Mila suplica à babá. Diz:

— Louise, isso não é divertido. Onde você tá?

A criança se irrita, bate os pés. Louise espera. Ela os olha como alguém que estuda a agonia do peixe recém-pescado, com os ouvidos sangrando, o corpo sacudido por convulsões. O peixe que se agita no chão do barco, que cabeceia no ar com sua boca ressecada, que não tem nenhuma chance de se salvar. Então Mila começou a descobrir seus esconderijos. Compreendeu que era preciso puxar as portas, levantar as cortinas, se abaixar para olhar embaixo da cama. Mas Louise é tão pequena que ela sempre encontra novas tocas onde se refugiar. Ela se enfia no cesto de roupa suja, debaixo da escrivaninha de Paul ou no fundo de um armário e se cobre com alguma coisa. Já aconteceu de ela se esconder no box, na escuridão do banheiro. Mila, então, procura em vão. Ela soluça e Louise fica paralisada. O desespero da criança não a dobra.

Um dia, Mila parou de gritar. Louise foi pega pela sua própria armadilha. Mila se calou, andou em volta do esconderijo e fez de conta que não descobriu a babá. Sentou no cesto de roupa suja e Louise sentiu-se sufocar.

— Vamos fazer as pazes? — a criança murmurou.

Mas Louise não quer dar o braço a torcer. Fica em silêncio, com os joelhos grudados no queixo. Os pés da menininha batem docemente contra o cesto de vime.

— Louise, eu sei que você está aí — ela diz, rindo. De repente Louise se levanta, com uma precipitação que surpreende Mila e a joga no chão. Sua cabeça bate no piso do box. Aturdida, a criança chora, e então, frente a uma Louise triunfante, ressuscitada, uma Louise que a olha do alto de sua vitória, seu terror se transforma em uma alegria histérica. Adam correu até o banheiro e se mistura à festa das duas meninas, que gargalham até sufocar.

Stéphanie

Aos oito anos, Stéphanie sabia trocar fraldas e preparar uma mamadeira. Tinha gestos firmes e, sem tremer, passava a mão na nuca frágil dos bebês ao tirá-los do berço. Sabia que era preciso deitá-los de barriga para cima e nunca sacudi-los. Dava banho segurando com a mão firme os ombros da criança. Os gritos, os vagidos dos recém-nascidos, seus risos, seus choros acalentaram suas lembranças de filha única. Dava gosto ver o amor que ela dedicava aos bebês. Ela parecia ter uma fibra maternal excepcional e um senso de dedicação raro para uma menina tão nova.

Quando Stéphanie era criança, sua mãe, Louise, cuidava de bebês em sua casa. Ou melhor, na casa de Jacques, como este fazia questão de lembrar. As mães deixavam as crianças de manhã. Ela se lembra dessas mulheres, apressadas e tristes, que ficavam com a orelha colada na porta. Louise a tinha ensinado a ouvir seus passos angustiados no corredor da casa. Algumas voltavam a trabalhar logo depois do parto e deixavam bebês minúsculos nos braços de Louise. Elas lhe confiavam também, em sacolas opacas, o leite que tinham tirado à noite e que Louise colocava na geladeira. Stéphanie se lembra desses potinhos, arrumados na prateleira, em que estavam escritos os nomes das crianças. Uma noite ela se levantou e abriu um pote com o nome de Jules, um bebê avermelhado cujas unhas pontudas tinham arranhado sua bochecha. Ela bebeu de um gole só. Nunca esqueceu o gosto de melão passado, um gosto azedo que ficou na sua boca por dias.

Nas noites de sábado, acontecia de ela acompanhar a mãe, que ia cuidar de crianças em apartamentos que pareciam imensos. Mulheres belas e importantes passavam no corredor e deixavam uma marca de batom nas bochechas de suas crianças. Os homens não gostavam de esperar na sala, incomodados pela presença de Louise e Stéphanie. Impacientavam-se, sorrindo como bobos. Resmungavam com as esposas e depois as ajudavam a colocar o casaco. Antes de partir, a mulher agachava, equilibrando-se em saltos finos, e enxugava as lágrimas do rosto de seu filho.

— Não chore, meu amor. Louise vai te contar uma história e fazer carinho. Não vai, Louise?

Louise concordava. Segurava pela mão as crianças que se debatiam, gritavam ou chamavam pela mãe. Às vezes, Stéphanie os odiava. Detestava quando eles batiam em Louise, quando falavam com ela como pequenos tiranos.

Enquanto Louise punha as crianças para dormir, Stéphanie mexia nas gavetas e em caixas que ficavam nas mesinhas. Puxava álbuns de fotos escondidos sob as mesas de centro. Louise limpava tudo. Lavava a louça, passava uma esponja no balcão da cozinha. Dobrava as peças que a madame tinha jogado na cama antes de sair, em dúvida sobre que roupa vestir.

— Você não é obrigada a lavar a louça — dizia Stéphanie.
— Vem sentar comigo.

Mas Louise adorava isso. Adorava observar o rosto contente dos pais que, ao voltar, constatavam que tinham recebido de bônus uma faxineira, além da *baby-sitter*.

Os Rouvier, para quem Louise trabalhou por muitos anos, levaram-na para sua casa de campo. Louise trabalhava e Stéphanie, por sua vez, estava de férias. Mas ela não estava ali como as crianças donas da casa, para tomar sol e se entupir de frutas. Não estava lá para desobedecer as regras, ficar acordada até tarde e aprender a andar de bicicleta. Se ela estava lá, era porque ninguém sabia o que fazer com ela. Sua mãe lhe dizia para ser discreta, brincar em silêncio. Para não dar a impressão de aproveitar demais.

— Eu sei que eles disseram que são um pouco nossas férias também, mas, se você se divertir demais, não vão ver com bons olhos.

Na mesa, ela se sentava ao lado da mãe, longe dos donos da casa e dos convidados. Lembra que as pessoas falavam e falavam. A mãe e ela baixavam os olhos e comiam em silêncio.

Os Rouvier não lidavam bem com a presença da menina. Isso os incomodava, era quase físico. Sentiam uma antipatia vergonhosa em relação àquela criança morena com sua roupa de banho desbotada, aquela criança sem jeito, de olhar inexpressivo. Quando ela se sentava na sala ao lado do pequeno Hector e de Tancrède para ver televisão, os pais não conseguiam deixar de se sentir contrariados. Acabavam pedindo alguma coisa a ela – "Stéphanie, seja boazinha, vá pegar meus óculos que eu deixei na entrada" – ou diziam que a mãe a esperava na cozinha. Felizmente Louise proibia que a filha se aproximasse da piscina antes que os Rouvier precisassem intervir.

* * *

Na véspera da volta para casa, Hector e Tancrède convidaram uns vizinhos para brincar no seu trampolim novinho em folha. Stéphanie, que era só um pouco mais velha que os meninos, fazia acrobacias impressionantes. Saltos perigosos, cambalhotas que arrancavam gritos entusiasmados das outras crianças. A sra. Rouvier acabou pedindo a Stéphanie que descesse para deixar os menores brincarem. Aproximou-se do marido com uma voz compadecida, dizendo:

— Talvez não devêssemos convidá-la de novo. Acho que é difícil demais pra ela. Deve ser duro ficar vendo tudo aquilo que ela não pode ter.

O marido sorriu, aliviado.

Myriam passou a semana esperando por essa noite. Abre a porta do apartamento. A bolsa de Louise está na poltrona da sala. Ouve vozes infantis cantando. Um camundongo verde e barquinhos na água, alguma coisa que dá voltas e alguma coisa que boia. Anda na ponta dos pés. Louise está de joelhos no chão, inclinada sobre a banheira. Mila afunda o corpo de sua boneca ruiva na água e Adam bate as mãos, cantarolando. Louise arruma com delicadeza os flocos de espuma e os coloca na cabeça das crianças. Eles riem desses chapéus que voam quando a babá assopra.

No metrô que a levava para casa, Myriam estava impaciente como uma apaixonada. Não tinha visto os filhos a semana toda e, nessa noite, tinha prometido se dedicar inteiramente a eles. Vão se deitar juntos na cama. Ela vai fazer cócegas, dar beijos, vai apertá-los até eles ficarem atordoados. Até eles se debaterem.

Escondida atrás da porta do banheiro, ela olha para eles e respira profundamente. Ela sente a necessidade de se nutrir da pele deles, de beijar suas mãozinhas, ouvir suas vozes agudas dizendo "mamãe". Fica sentimental de repente. Foi isso que ser mãe provocou. Isso às vezes a deixa meio boba. Ela enxerga o excepcional no que é banal. Se emociona por qualquer coisa.

Ela voltou tarde todos os dias dessa semana. Seus filhos já dormiam, e, depois de Louise ir embora, ela chegou a se deitar com Mila na sua caminha e respirar o cheiro delicioso do cabelo de sua menina, um cheiro químico de bala de framboesa. Nessa noite, ela os deixará fazer coisas que normalmente são proibidas. Vão comer sanduíches de manteiga e creme de chocolate entre as cobertas. Vão ver desenho animado e dormir tarde, colados uns aos outros. Ao deitar, ela vai levar chutes no rosto e vai dormir mal, porque terá medo de deixar Adam cair da cama.

As crianças saem da água e correm, nuas, para os braços da mãe. Louise começa a arrumar o banheiro. Limpa a banheira com uma esponja e Myriam diz:

— Não precisa, não se incomode. Já é tarde. Pode voltar pra casa. Você deve ter tido um dia difícil.

Louise faz cara de quem não ouviu e, abaixada, continua a lustrar as bordas da banheira e a colocar no lugar os brinquedos que as crianças espalharam.

Louise dobra as toalhas. Esvazia a máquina de lavar e prepara a cama das crianças. Coloca a esponja em um armário da cozinha e tira uma panela, que coloca no fogo. Sem ação, Myriam a olha se mover. Tenta convencê-la a parar.

— Eu faço isso, fique tranquila.

Tenta tirar a panela de suas mãos, mas Louise segura firme o cabo. Com doçura, ela empurra Myriam.

— Vá descansar — ela diz. — Você deve estar exausta. Aproveite as crianças, eu vou preparar o jantar. Vocês nem vão me ver.

E é verdade. Quanto mais o tempo passa, mais Louise se sobressai na arte de se tornar, ao mesmo tempo, invisível e indispensável. Myriam não telefona mais para avisar que vai se atrasar e Mila não pergunta mais quando mamãe voltará.

Louise está lá, levando pela mão esse edifício frágil. Myriam aceita esses cuidados. A cada dia deixa mais tarefas a uma grata Louise. A babá é como essas silhuetas que, no teatro, mudam no escuro os objetos de uma cena. Elas tiram um divã, empurram uma coluna de papelão com a mão, assim como um painel de parede. Louise se move nas coxias, discreta e poderosa. É ela quem segura os fios transparentes sem os quais a magia não pode acontecer. Ela é Vishnu, divindade mantenedora, ciumenta e protetora. Ela é a loba em cuja mama eles vêm se alimentar, a fonte infalível da felicidade familiar.

Olham para ela, mas não a veem. É uma presença íntima, mas jamais familiar. Chega cada vez mais cedo, vai embora cada vez mais tarde. Uma manhã, saindo do banho, Myriam se vê nua na frente da babá, que nem piscou os olhos. *A que interessa ela o meu corpo?*, Myriam se tranquiliza. *Ela não tem esse tipo de pudor.*

Louise encoraja o casal a sair.

— É preciso aproveitar a juventude — ela repete de forma mecânica.

Myriam ouve seus conselhos. Acha Louise prudente e generosa. Uma noite, Paul e Myriam vão a uma festa na casa de um músico que Paul acaba de conhecer. A noitada acontece em um apartamento com sacada, no sexto *arrondissement*. A sala é minúscula, com teto baixo, e as pessoas estão espremidas umas contra as outras. Um clima de felicidade reina nessa toca onde, logo, todo mundo se põe a dançar. A mulher do músico, uma loura alta que usa um batom fúcsia, distribui alguns baseados e coloca doses de vodca em copos congelados. Myriam fala com pessoas que não conhece, mas com quem ri, às gargalhadas. Passa uma hora na cozinha sentada sobre o balcão. Às três horas da manhã os convidados reclamam de fome e a bela loura prepara uma omelete com cogumelos que eles comem inclinados sobre a frigideira, batendo seus garfos.

Quando voltam para casa, por volta das quatro da manhã, Louise está cochilando no sofá, as pernas encolhidas contra o peito, as mãos juntas. Paul estende delicadamente uma coberta sobre ela.

— Vamos deixá-la dormir. Ela está com um ar tão tranquilo.

E Louise começou a passar a noite lá, uma ou duas vezes por semana. Isso nunca foi abertamente dito, nunca conversaram sobre isso, mas Louise construiu pacientemente seu ninho no meio do apartamento.

Paul às vezes se preocupava com esses horários estendidos.

— Eu não gostaria que ela um dia nos acusasse de exploração.

Myriam promete retomar as rédeas das coisas. Ela, que é tão rígida, tão dura, se ressente por não ter feito isso antes. Vai falar com Louise, deixar as coisas às claras. Ela fica incomodada e ao mesmo tempo secretamente contente por Louise se impor tais tarefas domésticas, por fazer o que nunca lhe tinha sido pedido. Myriam se perde em desculpas o tempo todo. Quando volta tarde, diz:

— Me desculpe por abusar da sua gentileza.

E Louise sempre responde:

— Estou aqui pra isso. Não se preocupe.

Myriam com frequência lhe dá presentes. Brincos que compra em uma loja barata, na saída do metrô. Um bolinho de laranja, única gulodice de Louise que ela conhece. Dá coisas que não usa mais, apesar de ter pensado por muito tempo que havia algo de humilhante nisso. Myriam faz tudo para não magoar Louise, não suscitar seu ciúme ou sofrimento. Quando sai para comprar algo para si ou para as crianças, esconde as roupas novas em uma velha bolsa de tecido e só as desembala depois de Louise ter ido embora. Paul a congratula por dar provas de tanta delicadeza.

Entre os conhecidos de Paul e Myriam, todo mundo acabou sabendo de Louise. Alguns cruzaram com ela no bairro ou no apartamento. Outros apenas ouviram falar das proezas dessa babá irreal, que surgiu de um livro para crianças.

Os "jantares de Louise" viraram uma tradição, um encontro esperado por todos os amigos de Myriam e Paul. Louise conhece os gostos de cada um. Ela sabe que Emma esconde sua anorexia atrás de uma hábil ideologia vegetariana. Que Patrick, irmão de Paul, adora carne e cogumelos. Os jantares geralmente acontecem às sextas-feiras. Louise cozinha a tarde toda enquanto as crianças brincam a seus pés. Ela arruma o apartamento, monta um buquê de flores e prepara uma mesa bonita. Atravessou Paris para comprar alguns metros de tecido que usou para costurar uma toalha. Quando os pratos estão postos, o molho está reduzido e o vinho na jarra, ela desliza para fora do apartamento. Acontece de ela cruzar com os convidados na entrada do prédio ou perto da estação do metrô. Responde timidamente às felicitações e aos sorrisos significativos, com a mão sobre a barriga e água na boca.

Uma noite, Paul insistiu para que ela ficasse. Não era um dia como os outros.

— Há tantas coisas pra festejar!

Pascal confiara a Myriam um caso bem grande e que ela estava em vias de vencer, graças a uma defesa astuciosa e combativa. Paul também está feliz. Há uma semana, ele trabalhava seus próprios sons no estúdio quando um cantor conhecido entrou na cabine. Conversaram por horas sobre gostos em comum, sobre arranjos que imaginavam, sobre o material inacreditável que poderiam produzir juntos, e o cantor acabou convidando Paul a fazer seu próximo disco.

— Há anos assim, em que tudo dá certo. Precisamos saber aproveitar — decide Paul. Segura os ombros de Louise e olha para ela sorrindo. — Esta noite você janta conosco, quer queira, quer não.

Louise se refugia no quarto das crianças. Fica muito tempo deitada ao lado de Mila. Acaricia suas têmporas e seus cabelos. Observa, na luz azul do abajur, o rosto tranquilo de Adam. Ela não consegue decidir se vai embora. Ouve a porta de entrada se abrir e os risos no corredor. Um champanhe que estoura, uma poltrona que foi empurrada até a parede. No banheiro, Louise arruma seu coque e passa uma camada de sombra violeta nas pálpebras. Myriam, por sua vez, nunca se maquia. Nessa noite ela usa uma calça jeans reta e uma camisa de Paul com as mangas dobradas.

— Acho que vocês não se conhecem. Pascal, eu te apresento a nossa Louise. Você sabe que todo mundo nos inveja por causa dela!

Myriam envolve os ombros de Louise. Ela sorri e se afasta, um pouco incomodada com a familiaridade do gesto.

— Louise, eu te apresento Pascal, o meu chefe.

— Teu chefe? Pare com isso! Nós trabalhamos juntos. Somos colegas.

Pascal ri alto enquanto estende a mão a Louise.

* * *

Louise sentou-se em um canto do sofá, com seus longos dedos de unhas pintadas agarrando a taça de champanhe. Está nervosa como uma estrangeira, uma exilada que não entende a língua falada ao redor. Por cima da mesa de centro ela troca com os outros convidados sorrisos atenciosos e sem jeito. Brindam ao talento de Myriam, ao cantor de Paul que tem uma melodia que alguém até cantarola. Falam sobre seus trabalhos, sobre terrorismo, sobre imóveis. Patrick conta seus projetos de férias no Sri Lanka.

Emma, sentada ao lado de Louise, fala dos filhos. Sobre isso Louise consegue conversar. Emma tem preocupações que expõe a uma tranquilizadora Louise.

— Vi isso muitas vezes, não se preocupe — repete a babá.

Emma, que é tão angustiada e que ninguém ouve, tem inveja de Myriam por contar com essa babá com cabeça de esfinge. Emma é uma mulher gentil, que só é traída por suas mãos sempre se retorcendo. É sorridente, mas invejosa. Às vezes é exibida, e terrivelmente complexada.

Emma mora no vigésimo *arrondissement*, em uma parte do bairro onde os prédios ocupados por sem-teto foram substituídos por creches alternativas. Ela vive em uma casa pequena, tão decorada que chega a ser desconfortável. Dá a impressão de que a sala, transbordando de bibelôs e almofadas, pretende mais causar inveja do que ser um lugar de descanso.

— A escola do bairro é uma catástrofe. As crianças cospem no chão. Quando a gente passa na frente, escuta eles se chamando de "putas" ou "veados". Bom, não quero dizer que na escola privada ninguém diz "puta". Mas eles dizem de um jeito diferente, vocês não acham? Pelo menos eles sabem que não podem dizer isso. Sabem que é feio.

Emma ouviu dizer que na escola pública, naquela da sua rua, os pais deixam suas crianças, de pijama, com mais de meia hora de atraso. Que uma mãe com véu se recusou a apertar a mão do diretor.

— É triste, mas Odin deve ser o único branco de sua turma. Sei que a gente não devia ceder, mas não vou saber lidar no dia que ele chegar em casa invocando Deus e falando árabe.

Myriam sorri.

— Você entende o que quero dizer, não?

Levantam-se rindo e vão para a mesa. Paul senta Emma a seu lado. Louise corre para a cozinha e é acolhida por "bravos" quando volta para a sala com o prato na mão.

— Ela ficou vermelha — brinca Paul, com uma voz bem aguda.

Durante alguns minutos, Louise é o centro de todas as atenções.

— Como ela fez este molho?

— Que boa ideia o gengibre!

Os convidados louvam suas proezas e Paul se põe a falar dela – "nossa babá" – como se fala de crianças e de velhinhos na presença deles. Paul se serve de vinho, e logo as conversas se elevam para além dos alimentos terrenos. Falam cada vez mais alto. Apagam seus cigarros nos pratos e as bitucas boiam no resto do molho. Ninguém notou que Louise foi para a cozinha, que ela limpa tudo com afinco.

Myriam dirige um olhar irritado a Paul. Faz de conta que ri de suas piadas, mas ele incomoda quando está bêbado. Fica despudorado, grosseiro, perde a noção das coisas. Uma vez que bebeu muito, faz convites a pessoas odiosas, faz promessas que não pode cumprir. Diz mentiras. Mas ele não parece perceber a irritação da mulher. Abre outra garrafa de vinho e bate na mesa.

— Esse ano nós vamos nos dar ao luxo de levar a babá nas férias! É preciso aproveitar a vida um pouco, não?

Louise, com uma pilha de pratos nas mãos, sorri.

Na manhã seguinte, Paul acorda com a camisa amassada e os lábios ainda com uma mancha de vinho tinto. No banho, a noitada volta aos poucos a sua memória. Ele se lembra de sua proposta e do olhar sombrio de sua mulher. Sente-se um idiota e cansado por antecipação. Esse é um erro que ele vai ter que consertar. Ou fazer como se não tivesse dito nada, esquecer, deixar o tempo passar. Sabe que Myriam vai zombar dele, de suas promessas de bêbado. Vai reprovar sua inconsequência financeira e sua leviandade em relação a Louise. "Por sua causa ela vai ficar decepcionada, mas, como ela é gentil, nem ousará demonstrar." Myriam vai esfregar as contas no seu nariz, chamá-lo à realidade. Vai concluir: "É sempre assim quando você bebe".

Mas Myriam não está de cara fechada. Deitada no sofá, com Adam nos braços, ela sorri com uma ternura maravilhosa. Está usando um pijama masculino, muito grande para ela. Paul senta-se ao seu lado, ronrona em seu pescoço, que cheira ao perfume de flores de que ele gosta.

— É verdade o que você disse ontem? Acha que vamos poder levar Louise com a gente nesse verão? — ela pergunta. — Já imaginou? Pela primeira vez teríamos férias de verdade. E a Louise vai ficar tão feliz: afinal, o que ela teria de melhor pra fazer?

Está tão quente que Louise deixou a janela do quarto de hotel meio aberta. Os gritos dos bêbados e os pneus cantando não acordam Adam e Mila, que ressona, a boca aberta, uma perna para fora da cama. Eles só vão ficar uma noite em Atenas, e Louise divide um quarto minúsculo com as crianças, por economia. Riram a noite toda. Deitaram tarde. Adam estava feliz, dançou na rua, no calçamento de Atenas, e velhos bateram palmas, seduzidos por seu balé. Louise não gostou da cidade onde, apesar do sol ardente e das queixas das crianças, caminharam durante toda a tarde. Só pensa no dia seguinte, na viagem pelas ilhas cujas lendas e mitos Myriam contou para elas.

Myriam não conta histórias bem. Ela tem um jeito um pouco irritante de articular palavras complicadas e termina todas as frases com um "percebe?", "entende?". Mas, como uma criança estudiosa, Louise ouviu a história de Zeus e da deusa da guerra. Como Mila, gosta de Egeu, que deu seu azul ao mar, o mar em que vai andar de barco pela primeira vez.

De manhã, precisa arrancar Mila da cama. A menina ainda dorme enquanto a babá tira sua roupa. No táxi que os leva ao porto de Pireu, Louise tenta se lembrar dos deuses antigos, mas não guardou nada. Ela não lembra mais. Devia ter anotado os nomes desses heróis em seu caderninho florido. Teria pensado neles em seguida, sozinha. Na entrada do porto, um enorme engarrafamento se formou, e policiais tentavam regular a circulação. Já está muito quente, e Adam, sentado no colo de Louise, está coberto de suor. Imensos placares luminosos indicam os cais onde estão atracados os barcos que partem para as ilhas, mas Paul não entende nada. Fica com raiva, agitado. O motorista faz meia-volta, ergue os ombros com ar resignado. Ele não fala inglês. Paul paga. Descem do carro e correm para o cais, puxando as malas e o carrinho de Adam. A tripulação se prepara para subir a ponte quando vê a família, descabelada, perdida, agitando os braços. Tiveram sorte.

Logo que se instalam, as crianças dormem. Adam nos braços da mãe, e Mila com a cabeça apoiada nos joelhos de Paul. Louise quer ver o mar e o contorno das ilhas. Sobe até a ponte. Em um banco, uma mulher está estirada de costas. Usa um biquíni: uma calcinha fina e uma faixa rosa que mal cobre os seios. Ela tem os cabelos louros platinados muito secos, mas o que choca Louise é sua pele. Uma pele violácea, coberta de grandes manchas marrons. Em alguns lugares, no interior das coxas, nas bochechas, no começo dos seios, sua pele está em bolhas, em carne viva, como se estivesse queimada. Ela está imóvel, como uma esfolada cujo cadáver será oferecido à multidão em espetáculo.

Louise fica nauseada. Respira fundo algumas vezes. Fecha os olhos e depois os abre, incapaz de controlar a tontura. Não consegue se mexer. Sentou em um banco, de costas para a ponte, longe da beirada do barco. Queria olhar o mar, poder se lembrar disso, dessas ilhas com costas brancas que os turistas apontam com o dedo. Queria gravar em sua memória o contorno dos veleiros que ancoraram e as finas silhuetas que mergulham na água. Ela queria, mas seu estômago se rebela.

O sol está cada vez mais forte, e eles são muitos, agora, a observar a mulher deitada no banco. Ela cobriu os olhos, e o vento a impede, sem dúvida, de ouvir os risos abafados, os comentários, os murmúrios. Louise não consegue desviar desse corpo descarnado, escorrendo de suor. A mulher é consumida pelo sol, como um pedaço de carne posta sobre a brasa.

Paul alugou dois quartos em uma encantadora pousada familiar, situada no alto da ilha, acima de uma praia muito frequentada por crianças. O sol se põe e uma luz rosa envolve a baía. Vão andando para Apolônia, a capital. Escolhem ruas ladeadas por cactos e figueiras. No fim de uma falésia, um monastério acolhe turistas com roupas de banho. Louise está completamente tomada pela beleza do lugar, a calma das ruas estreitas, as pracinhas onde gatos dormem. Senta em uma mureta, os pés sem apoio, e olha uma velha varrer o pátio na frente da sua casa.

O sol mergulhou no mar, mas não escurece. A luz acaba de ganhar tons pastéis e ainda se veem os detalhes da paisagem. O contorno de um sino sobre o telhado de uma igreja. O perfil aquilino de um busto de pedra. O mar e a praia de arbustos parecem repousar, mergulhar em um torpor langoroso, se oferecer à noite, docemente, fazendo-se desejar.

Depois de ter colocado as crianças na cama, Louise não consegue dormir. Vai para o terraço que sai de seu quarto, de onde pode contemplar a curva da baía. À noite o vento se pôs a soprar, um vento marinho, em que ela adivinha o gosto do sal e das utopias. Adormeceu lá, em uma espreguiçadeira, usando um xale leve como coberta. A madrugada fria a acorda e ela quase grita diante do espetáculo que o dia lhe oferece. Uma beleza pura, simples, evidente. Uma beleza ao alcance de todos os corações.

As crianças também acordam, entusiasmadas. Só falam do mar. Adam quer rolar na areia. Mila quer ver peixes. Mal terminaram o café da manhã, foram para a praia. Louise usa um vestido largo alaranjado, uma espécie de *djellaba* que fez Myriam sorrir. Foi a sra. Rouvier quem lhe deu, anos atrás, depois de dizer: "Ah, sabe, já usei bastante".

As crianças estão prontas. Ela os untou de protetor solar e eles tomaram a areia de assalto. Louise se senta numa mureta de pedra. À sombra de um pinheiro, com os joelhos dobrados, ela observa o sol cintilando no mar. Nunca tinha visto nada tão bonito.

Myriam se deitou de bruços e lê um romance. Paul, que correu sete quilômetros antes do café, tira uma soneca. Louise faz castelos de areia. Esculpe uma enorme tartaruga que Adam não para de destruir e que ela refaz, pacientemente. Mila, abatida pelo calor, a puxa pelo braço.

— Vem, Louise, vem pra água.

A babá resiste. Ela pede que espere. Que fique sentada.

— Quer me ajudar a terminar minha tartaruga? — Mostra à criança as conchinhas que juntou e que arruma com delicadeza na carapaça de sua tartaruga gigante.

O pinheiro não faz mais sombra suficiente, e o calor fica cada vez mais opressivo. Louise está encharcada de suor e não tem mais argumentos para dar à criança, que agora implora. Mila pega sua mão e Louise se recusa a ficar em pé. Ela segura o pulso da menininha e a empurra com tanta violência que Mila cai. Louise grita:

— Me deixa em paz, tá?

Paul abre os olhos. Myriam corre para Mila, que chora, e ela a consola. Dirigem a Louise olhares furiosos e decepcionados. A babá recuou, envergonhada. Eles estão prestes a pedir explicações quando ela murmura, lentamente:

— Eu não disse antes, mas eu não sei nadar.

Paul e Myriam ficam em silêncio. Fazem sinal para Mila, que tinha começado a gracejar, para que se cale. Mila caçoa:

— Louise é uma criancinha! Nem sabe nadar!

Paul está incomodado, e esse incômodo o deixa furioso. Fica com raiva de Louise por ter levado até ali sua limitação, suas fragilidades. Por ter estragado o dia com sua cara de mártir. Leva as crianças para nadar, e Myriam enfia de novo o nariz no livro.

A manhã tinha sido estragada pela melancolia de Louise, e na mesa, no terraço do pequeno restaurante, ninguém fala. Não tinham ainda terminado de comer quando, bruscamente, Paul se levanta e pega Adam no colo. Vai até a lojinha da praia. Volta pulando por causa da areia que queima a planta dos pés. Segura um pacote na mão, que agita na frente de Louise e Myriam.

— Vejam — ele diz.

As duas mulheres não respondem, e Louise estende docilmente os braços quando Paul veste boias acima do cotovelo dela.

— Você é tão miúda que mesmo boias de criança servem!

Paul levou Louise para nadar a semana inteira. Os dois se levantam cedo e, enquanto Myriam e as crianças ficam na beira da piscininha da pousada, Louise e Paul descem para a praia deserta. Assim que chegam à areia molhada, dão-se as mãos e andam bastante tempo na água, mirando o horizonte. Avançam até seus pés se levantarem docemente da areia e seus corpos começarem a flutuar. Nesse instante, Louise invariavelmente sente um pânico que não consegue esconder. Solta um gritinho que indica para Paul que ele deve segurar a mão dela com mais força.

No começo ele ficou incomodado por tocar a pele de Louise. Quando ele a ensina a boiar, coloca uma mão em sua nuca e a outra nas nádegas. Pensa uma coisa idiota, fugaz, e ri disso interiormente: *Louise tem nádegas*. Louise tem um corpo que treme nas mãos de Paul. Um corpo que ele não tinha nem visto, nem mesmo suspeitado, ele que colocava Louise no mundo das crianças ou no dos empregados. Ele que, sem dúvida, não a via. Entretanto, Louise não é desagradável de olhar. Abandonada nas mãos de Paul, a babá parece uma bonequinha. Algumas mechas louras escapam da touca de banho que Myriam comprou para ela. Seu bronzeado leve fez com que sardas aparecessem em suas bochechas e no nariz. Pela primeira vez, Paul percebe pelinhos louros e leves no seu rosto, como aqueles que cobrem os recém-nascidos. Mas há nela alguma coisa virtuosa e pueril, uma reserva, que impede Paul de nutrir por ela um sentimento tão livre quanto o desejo.

Louise olha seus pés, que afundam na areia e que a água vem lamber. No barco, Myriam tinha contado que Sifnos devia sua fortuna às minas de ouro e prata guardadas em seu subsolo. E Louise se convence de que as lantejoulas que vê através da água, sobre as pedras, são reflexos dos metais preciosos. A água fresca cobre suas coxas. Agora foi o seu sexo que imergiu. O mar está calmo, translúcido. Nem uma onda vem surpreender Louise e bater em seu peito. Bebês estão sentados à beira d'água sob o olhar sereno de seus pais. Quando a água chega mais em cima, Louise não consegue mais respirar. Ela olha o céu brilhante, irreal. Tateia, em seus braços magros, as boias amarela e azul, em que estão desenhadas uma lagosta e um búzio. Olha fixamente para Paul, suplicante.

— Você não corre nenhum perigo — Paul promete. — Enquanto der pé, você não corre perigo.

Mas Louise está petrificada. Sente que vai cair. Que vai ser puxada para as profundezas, a cabeça sob a água, as pernas batendo no vazio, até o fim.

Ela lembra que na infância um de seus colegas de classe caiu em um poço na saída do vilarejo. Era uma pequena extensão de água barrenta, com um cheiro nauseante. As crianças iam brincar lá apesar da proibição dos pais, apesar dos mosquitos que a água estagnada atraía. Ali, mergulhada no azul do mar Egeu, Louise pensa de novo naquela água negra e malcheirosa e na criança encontrada com o rosto afundado na lama. Na frente dela, Mila bate os pés. Ela boia.

Eles estão bêbados e escalam a escada de pedra que leva ao terraço contíguo ao quarto das crianças. Riem, e Louise se agarra às vezes ao braço de Paul para subir um degrau mais alto que os outros. Ela retoma o fôlego, sentada sob a buganvília vermelha, e olha a praia lá embaixo, onde jovens casais dançam enquanto bebem coquetéis. O bar organiza uma festa na areia. *Full moon party.* Paul traduz para ela. Uma festa para a lua, cheia e rubra, cuja beleza eles comentaram durante toda a noite. Ela nunca tinha visto uma lua assim, tão bonita que merecia ser despendurada. Uma lua que não era fria e cinzenta como as de sua infância.

No terraço elevado do restaurante, contemplara a baía de Sifnos e o pôr do sol com cor de lava. Paul mostrou a ela as nuvens esculpidas como renda. Os turistas tiraram fotos e, quando Louise quis se levantar também, estendendo o celular, Paul pôs delicadamente a mão em seu braço para fazê-la sentar.

— Não vai sair nada. É melhor guardar a imagem na lembrança.

Pela primeira vez os três jantam juntos. A proprietária da pousada se ofereceu para cuidar das crianças. Elas têm a mesma idade que as suas e tinham se tornado inseparáveis desde o começo. Myriam e Paul aceitaram na hora. Louise, claro, primeiro recusou. Disse que não podia deixá-los sozinhos, que tinha que colocá-los para dormir. Que esse era seu trabalho.

— Eles nadaram o dia inteiro, não vão ter nenhuma dificuldade pra dormir — disse a proprietária, em um francês ruim.

Então eles caminharam até o restaurante, um pouco sem jeito, silenciosos. Na mesa, beberam mais que de costume. Myriam e Paul temiam esse jantar. Sobre o que eles iam conversar? O que tinham pra contar? Se convenceram de que era o correto a fazer, que Louise ficaria contente. "Pra que ela sinta que a gente valoriza o trabalho dela, sabe?" Então eles falam das crianças, da paisagem, do banho de mar do dia seguinte, dos progressos de Mila na natação. Eles tomaram as rédeas da conversa. Louise queria falar. Falar alguma coisa, o que quer que fosse, contar uma história sua, mas ela não ousa. Inspira profundamente, estica o pescoço para dizer alguma coisa e recua, muda. Eles bebem e o silêncio fica pesado, arrastado.

Paul, que está sentado a seu lado, passa então o braço em torno de seus ombros. O uzo que ele vinha bebendo no jantar o deixa jovial. Ele segura o ombro de Louise com uma mão grande, sorri como para um velho amigo. Ela olha, encantada, seu rosto de homem. Sua pele bronzeada, os grandes dentes brancos, os cabelos que o vento e o sol deixaram mais claros. Ele a sacode um pouco, como se faz com um amigo tímido ou que está triste, com alguém que se deseja relaxar ou que precisa entrar nos eixos. Ela poderia ousar e colocar sua mão sobre a de Paul e a segurar com seus dedos magros. Mas ela não ousa.

Ela está fascinada pela naturalidade de Paul. Ele brinca com o garçom que ofereceu um digestivo. Em alguns dias, aprendeu o suficiente de grego para fazer os comerciantes rirem ou conseguir um desconto. As pessoas o reconhecem. Na praia, as crianças querem brincar com ele e ele se curva, rindo, a seus desejos. Come com um apetite inacreditável. Myriam parece irritada, mas Louise acha tocante essa gulodice que o leva a pedir o cardápio inteiro.

— Queremos isso também. Pra experimentar, não é? — E segura com os dedos pedaços de carne, pimentão ou queijo, que engole com uma alegria inocente.

Voltando para o terraço do hotel, abafam o riso com as mãos e Louise põe um dedo sobre os lábios. Não deviam acordar as crianças. Esse rompante de responsabilidade parece, de repente, ridículo. Eles fazem de conta que são crianças, depois de terem passado o dia todo fazendo exatamente isso por estarem ocupados com os filhos. Nessa noite uma leveza incomum sopra sobre eles. A embriaguez os liberta das angústias acumuladas, das tensões que os filhos causam entre eles, marido e mulher, mãe e babá.

Louise sabe o quanto esse instante é fugaz. Ela percebe que Paul olha com desejo o ombro da mulher. Em seu vestido azul-claro, a pele de Myriam parece ainda mais dourada. Eles começam a dançar, a balançar de um pé para o outro. Estão desajeitados, quase constrangidos, e Myriam caçoa como se há muito tempo ele não a segurasse assim pela cintura. Como se ela se sentisse ridícula por ser desejada assim. Myriam apoia o rosto no ombro do marido. Louise sabe que eles vão parar, se despedir, alegar que estão com sono. Ela queria retê-los, agarrar-se a eles, arranhar o chão de pedra. Ela queria colocá-los em uma redoma, como dois dançarinos imobilizados e sorridentes, colados ao pedestal de uma caixa de música. Pensa que poderia contemplá-los por horas sem jamais se cansar. Ela se contentaria em observá-los viver, em agir na sombra para que tudo ficasse perfeito, para que a máquina nunca parasse de funcionar. Nesse momento ela tem a convicção íntima, a convicção ardente e dolorosa de que sua felicidade pertence a eles. Que ela é deles, e eles são dela.

    Paul ri. Murmura alguma coisa com os lábios afundados na nuca da mulher. Alguma coisa que Louise não ouviu. Ele segura firme a mão de Myriam e, como duas crianças educadas, eles dizem boa-noite para Louise. Ela os observa enquanto eles sobem a escada de pedra que leva ao quarto. A linha azul dos dois corpos fica imprecisa, vai sumindo, a porta bate. As cortinas se fecham. Louise se afunda em devaneios obscenos. Ouve, sem querer, tentando não ouvir, à revelia. Ouve os miados de Myriam, seus gemidos de boneca. Ouve a fricção dos lençóis e a cabeceira da cama que bate contra a parede.

    Louise abre os olhos. Adam está chorando.

Rose Grinberg

A sra. Grinberg vai descrever pelo menos umas cem vezes esse pequeno trajeto de elevador. Cinco andares, depois de uma rápida espera no térreo. Um trajeto de menos de dois minutos que se tornou o momento mais importante de sua vida. O momento fatídico. Ela poderia ter mudado, não parava de repetir a si mesma. Se ela tivesse prestado mais atenção na respiração de Louise. Se não tivesse fechado as janelas e as venezianas para fazer a sesta. Vai lamentar ao telefone, e as filhas não conseguirão consolá-la. Os policiais vão se aborrecer porque ela se dá muita importância e suas lágrimas aumentam quando eles dizem, secos:

— De todo modo, a senhora não poderia ter feito nada.

Ela vai contar tudo aos jornalistas que acompanham o caso. Vai falar com a advogada da acusada, que achará arrogante e negligente, e vai repetir tudo no tribunal, quando chamada para testemunhar.

* * *

Louise, ela vai dizer a cada vez, parecia diferente. Ela, que era tão sorridente, tão amável, estava imóvel diante da porta de vidro. Adam, sentado em um degrau, soltava gritos estridentes, e Mila pulava e incomodava seu irmão. Louise não se mexia. Só o lábio inferior tremia levemente. Suas mãos estavam juntas e ela abaixava os olhos. Excepcionalmente, o barulho das crianças não parecia atingi-la. Ela, tão preocupada com os vizinhos e com o bom comportamento, não dirigiu palavra às crianças. Parecia não ouvi-los.

A sra. Grinberg gostava muito de Louise. Chegava a admirar essa mulher elegante que cuidava tão bem das crianças. Mila, a menininha, estava sempre arrumada com tranças bem apertadas ou um coque mantido por um laço. Adam parecia adorar Louise.

— Agora que ela fez isso, talvez eu não devesse dizer. Mas, naquele momento, eu achava que eles tinham sorte.

O elevador chegou ao térreo e Louise pegou Adam no colo. Entrou com ele, e Mila a seguiu, cantarolando. A sra. Grinberg hesitou em subir com eles. Durante alguns segundos se perguntou se não devia voltar ao hall de entrada para verificar sua caixa de correio. O rosto pálido de Louise a deixava pouco à vontade. Tinha medo de que os cinco andares parecessem intermináveis. Mas Louise segurou a porta para a vizinha, que grudou na parede do elevador com a sacola de compras entre as pernas.

— Ela parecia bêbada?

A sra. Grinberg é categórica. Louise parecia normal. Ela podia tê-la proibido de subir com as crianças se por um segundo tivesse pensado... A advogada de cabelos sujos riu dela. Lembrou à corte que Rose sofria de vertigens e tinha problemas de visão. A antiga professora de música, que logo faria sessenta e cinco anos, já não enxergava muito. Além disso, vive no escuro, como uma toupeira. A luz direta lhe provoca enxaquecas terríveis. Foi por isso que Rose fechou as venezianas. Por isso ela não ouviu nada.

Ela quase insultou a advogada no tribunal. Morria de vontade de calar sua boca, de quebrar sua cara. Não tinha vergonha? Não tinha decência alguma? Desde os primeiros dias do julgamento a advogada falou de Myriam como uma "mãe ausente", como uma "empregadora abusiva". Ela a descreveu como uma mulher cega de ambição, egoísta e indiferente, a ponto de ter levado Louise a seu limite. Um jornalista, presente no tribunal, explicou à sra. Grinberg que era inútil ficar nervosa e que essa era apenas uma "tática da defesa". Mas Rose achava isso repugnante, ponto-final.

Ninguém fala disso no prédio, mas a sra. Grinberg sabe que todo mundo pensa. Que à noite, em cada andar, os olhos ficam abertos na escuridão. Que os corações se deixam levar e que as lágrimas correm. Ela sabe que os corpos se reviram e se dobram, sem encontrar o sono. O casal do terceiro andar se mudou. Os Massé, claro, nunca mais voltaram. Rose ficou, apesar dos fantasmas e da lembrança teimosa daquele grito.

Naquele dia, depois da sesta, ela abriu as venezianas. E foi então que ela ouviu. A maioria das pessoas vive sem jamais ouvir gritos assim. São gritos que existem apenas na guerra, nas trincheiras, em outros mundos, em outros continentes. Não são gritos daqui. Durou ao menos dez minutos, esse grito, num fôlego só, sem pausa e sem palavras. Esse grito que foi ficando rouco, que se encheu de sangue, de muco, de raiva.

— Um médico — foi tudo que ela conseguiu articular. Não chamou ajuda, não disse "socorro!", mas repetiu, nos raros momentos em que voltava à consciência: — Um médico.

Um mês antes da tragédia, a sra. Grinberg tinha encontrado Louise na rua. A babá tinha um ar preocupado e acabou falando de seus problemas de dinheiro. Do proprietário que a perseguia, das dívidas que tinha acumulado, de sua conta bancária sempre no vermelho. Ela falou como um balão que se esvazia, mais e mais rápido.

A sra. Grinberg fez cara de quem não entendia. Baixou o rosto, disse:

— Os tempos estão difíceis pra todo mundo.

Depois Louise a pegou pelo braço.

— Eu não estou mendigando. Eu posso trabalhar, à noite ou bem cedo de manhã. Quando as crianças dormem. Posso fazer faxina, passar roupa, tudo que a senhora quiser.

Se ela não tivesse apertado seu pulso com tanta força, se ela não tivesse lhe posto seus olhos negros, como um insulto ou uma ameaça, Rose Grinberg talvez tivesse aceitado. E, não importa o que digam os policiais, ela teria mudado tudo.

O avião atrasou bastante e eles aterrissaram em Paris no começo da noite. Louise se despede, solene, das crianças. Ela os abraça por um longo tempo, segura-os apertados nos braços.

— Até segunda, sim, até segunda. Me chamem se precisarem de qualquer coisa — ela diz a Myriam e Paul, que se enfiam no elevador para chegar ao estacionamento do aeroporto.

Louise vai para o trem. A plataforma está deserta. Ela se senta contra uma janela e maldiz a paisagem, a plataforma onde se arrastam bandos de jovens, os prédios nus, as sacadas, o rosto hostil dos agentes de segurança. Fecha os olhos e evoca as lembranças das praias gregas, dos pores do sol, dos jantares em frente ao mar. Recorre a essas lembranças como os místicos invocam milagres. Quando abre a porta de seu apartamento, suas mãos começam a tremer. Tem vontade de rasgar a capa do sofá, dar um soco no vidro da janela. Um magma informe, uma dor queima suas entranhas, e é difícil para ela não gritar.

No sábado fica na cama até as dez horas. Deitada no sofá, as mãos cruzadas sobre o peito, Louise olha a poeira que se acumulou no lustre verde. Ela jamais teria comprado uma coisa tão feia. Alugou o apartamento mobiliado e não mudou nada na decoração. Precisava encontrar um lugar depois da morte de Jacques, seu marido, e de ter sido despejada. Depois de semanas de errância, precisava de um ninho. Ela encontrou esse apartamento, em Créteil, graças a uma enfermeira do hospital Henri-Mondor que tinha se apegado a ela. A jovem lhe assegurou que o proprietário pedia poucas garantias e aceitava pagamento em dinheiro.

Louise se levanta. Puxa uma cadeira, coloca bem embaixo do pendente e pega um espanador. Começa a limpar e segura com tanta força que quase arranca o lustre do teto. Está na ponta dos pés e sacode a poeira, que cai nos seus cabelos em grandes flocos cinzentos. Às onze horas ela já limpou tudo. Lavou os vidros, por dentro e por fora, e até passou uma esponja com sabão nas venezianas. Seus sapatos estão enfileirados ao longo da parede, brilhantes e ridículos.

Talvez eles a chamem. Aos sábados, ela sabe, eles às vezes almoçam fora. Mila contou isso para ela. Vão a uma *brasserie* onde a menina pode pedir tudo que quiser e Adam experimenta um pouquinho de mostarda ou de limão na ponta de uma colher, sob o olhar enternecido dos pais. Louise adoraria isso. Em uma *brasserie* cheia, envolvida pelo barulho dos pratos que se chocam e pela gritaria dos garçons, ela teria menos medo do silêncio. Sentaria entre Mila e seu irmão e arrumaria o grande guardanapo branco no colo da menininha. Daria de comer a Adam, colherada a colherada. Ouviria Paul e Myriam falarem, seria tudo rápido, ela se sentiria bem.

Colocou seu vestido azul, aquele que vai até um pouco acima do tornozelo e se fecha na frente com uma fileira de perolazinhas azuis. Queria ficar pronta, para o caso de eles precisarem dela. Para o caso de ela ter de encontrá-los em qualquer lugar rapidamente, já que eles decerto não lembram que ela mora longe e quanto tempo leva, todo dia, para ir até a casa deles. Sentada na cozinha, batuca na mesa de fórmica com a ponta das unhas.

A hora do almoço passa. As nuvens cruzaram os vidros limpos, o céu escureceu. O vento soprou forte nos plátanos e a chuva começou a cair. Louise se agita. Eles não a chamam.

Agora é tarde para sair. Poderia ir comprar pão ou respirar um pouco de ar fresco. Poderia só sair para andar. Mas ela não tem nada para fazer nessas ruas vazias. O único café do bairro é um abrigo de bêbados, e às três da tarde já acontece de alguns homens começarem a brigar contra as grades do jardim deserto. Ela teria que ter decidido antes e se enfiado no metrô para vagar por Paris, no meio das pessoas que fazem as compras para a volta das férias. Teria se perdido na multidão e teria seguido mulheres, belas e apressadas, na frente das grandes lojas. Teria andado perto da igreja da Madeleine, passando de raspão nas mesinhas onde as pessoas tomam café. Teria dito "desculpe" àqueles que esbarrassem nela.

Paris é, para ela, uma vitrine gigante. Ela adora, acima de tudo, passear nas ruas em volta da Opéra, descer a rue Royale e pegar a Saint-Honoré. Anda lentamente, observa os passantes e as vitrines. Quer tudo. As botas de camurça, as jaquetas de nobuck, as bolsas de píton, os vestidos envelope, as blusas rendadas. Quer as camisas de seda, os casacos cor-de-rosa de caxemira, os collants sem costura, as jaquetas militares. Ela imagina então uma vida em que ela teria dinheiro para tudo. Em que ela apontaria, para uma vendedora afetada, os artigos que lhe interessassem.

Chega domingo e o tédio e a angústia continuam. Domingo sombrio e sério no fundo do sofá-cama. Ela adormeceu com seu vestido azul, cujo tecido sintético, horrivelmente amassado, a fez transpirar. Muitas vezes durante a noite ela abriu os olhos sem saber se tinha passado uma hora ou um mês. Se ela estava dormindo na casa de Myriam e Paul ou com Jacques, na casa de Bobigny. Fechava de novo os olhos e mergulhava em um sono brutal e delirante.

Louise odeia os finais de semana, definitivamente. Quando elas ainda moravam juntas, Stéphanie se queixava por não fazer nada aos domingos, por não ter direito às atividades que Louise organizava para as outras crianças. Assim que pôde, ela fugiu de casa. Às sextas-feiras, passava a noite toda fora com adolescentes do bairro. Voltava de manhã, com o rosto lívido, os olhos vermelhos e olheiras. Faminta. Atravessava a copa com a cabeça baixa e corria para a geladeira. Comia de pé, encostada na porta da geladeira, afundando os dedos nas marmitas que Louise tinha preparado para o almoço de Jacques. Uma vez ela pintou o cabelo de vermelho. Pôs um piercing no nariz. Começou a desaparecer por finais de semana inteiros. E um dia não voltou mais. Nada a segurava na casa de Bobigny. Nem a escola, que ela tinha abandonado havia bastante tempo. Nem Louise.

A mãe, claro, deu queixa de seu desaparecimento.

— Nessa idade, é comum fugir. Espere um pouco e ela voltará.

Não disseram mais nada. Ela não a procurou. Mais tarde, soube pelos vizinhos que Stéphanie estava no sul, que tinha se apaixonado. Que se mudava o tempo todo. Os vizinhos não se surpreenderam por Louise não ter pedido mais detalhes, não ter feito perguntas, por não ter insistido para que eles repetissem as poucas informações que tinham.

Stéphanie tinha desaparecido. Durante toda sua vida, ela tinha tido a impressão de incomodar. Sua presença perturbava Jacques, seus risos acordavam as crianças de que Louise cuidava. Suas coxas grossas, seu corpo pesado se espremiam contra as paredes, no corredor estreito, para deixar os outros passarem. Ela tinha medo de bloquear a passagem, de trombar com alguém, de ocupar uma cadeira que alguém queria. Quando falava, se exprimia mal. Ria e ofendia os outros, por mais inocente que fosse seu riso. Por fim desenvolvera o dom da invisibilidade e, consequentemente, como se estivesse mesmo destinada a isso, tinha desaparecido.

Na segunda-feira de manhã, Louise sai de casa antes do dia clarear. Anda até o trem, faz a conexão em Auber, espera na plataforma, sobe a rue Lafayette e depois pega a rue d'Hauteville. Louise é um soldado. Avança, custe o que custar, como um animal, como um cachorro que teve as patas quebradas por crianças malvadas.

Setembro é quente e iluminado. Na quarta-feira, depois da escola, Louise decide sair da rotina caseira com as crianças e levá-las para brincar no parque ou ver peixes no aquário. Andaram de barco no Bois de Boulogne, e Louise contou para Mila que as algas que boiavam na superfície eram na verdade os cabelos de uma feiticeira decadente e vingativa. No fim do mês, o tempo está tão ameno que Louise, feliz, decide levá-los até o Jardin d'Acclimatation.

Na frente da estação de metrô, um velho marroquino se oferece para ajudar Louise a descer as escadas. Ela agradece, mas ergue sozinha o carrinho com Adam dentro. O velho a segue. Pergunta que idade têm seus filhos. Ela está prestes a dizer que não são seus. Mas ele já se abaixou até a altura deles.

— Eles são muito bonitos.

O que as crianças mais gostam é o metrô. Se Louise não os segura, eles correm na plataforma, se arremessam para dentro do vagão pisando nos pés dos outros passageiros, tudo para sentar na janela, com a boca aberta, os olhos escancarados. Eles ficam de pé e Adam imita sua irmã, que segura em uma barra e faz de conta que dirige o trem.

No jardim, a babá corre com eles. Eles riem, ela os mima, compra sorvetes e balões. Tira fotos dos dois deitados em um tapete de folhas mortas, amarelo vivo ou vermelho-sangue. Mila pergunta por que algumas árvores ficaram douradas, luminosas, enquanto outras, do mesmo tipo, plantadas ao lado ou à frente, parecem apodrecer, passando diretamente do verde ao marrom-escuro. Louise não sabe explicar.

— Vamos perguntar pra tua mamãe — ela diz.

No trenzinho, eles gritam de medo e alegria. Louise sente vertigem e segura Adam bem forte no colo quando o vagão se enfia em túneis escuros e dispara nas descidas a toda velocidade. Um balão voa para o céu, Mickey se transformou em uma nave espacial.

Eles se sentam no gramado para fazer piquenique e Mila ri de Louise, que tem medo dos grandes pavões que estão a poucos metros. A babá levou um velho cobertor de lã que Myriam tinha deixado embolado embaixo de sua cama e que Louise lavou e pôs de novo em uso. Os três adormecem na grama. Louise acorda com Adam colado nela. Ela sente frio, imagina que as crianças puxaram a coberta. Vira para o lado e não vê Mila. Chama. Começa a gritar. As pessoas se viram para ela. Perguntam: "Algum problema? A senhora precisa de ajuda?".

Ela não responde.

— Mila, Mila — ela grita, correndo com Adam nos braços.

Percorre os carrosséis, corre em frente do estande de tiro. Está com lágrimas nos olhos, com vontade de sacudir os passantes, de empurrar os desconhecidos que se espremem ali, segurando suas crianças pela mão. Volta para a fazendinha. Seu maxilar treme tanto que não consegue nem mais chamar a menina. Está com uma dor de cabeça atroz e sente que seus joelhos começam a ceder. Em pouco tempo ela vai cair no chão, sem poder fazer um gesto, muda, totalmente incapaz.

E então ela a vê, no final de uma aleia. Mila chupa sorvete em um banco, com uma mulher inclinada sobre ela. Louise corre para a criança.

— Mila! Você está doida? Que é que te deu pra sair assim?

A desconhecida, uma mulher de uns sessenta anos, aperta a menina contra si.

— Isso é um escândalo. O que a senhora estava fazendo? Como é que ela ficou sozinha? Eu poderia muito bem pedir pra ela o telefone dos pais. Tenho certeza de que eles não gostariam de saber disso.

Mas Mila escapa dos braços da desconhecida. Ela a empurra e lhe dirige um olhar zangado, antes de se atirar nas pernas de Louise. A babá se inclina para ela e a levanta. Louise abraça seu pescoço gelado e acaricia seus cabelos. Olha para o rosto pálido da criança e pede desculpas por sua negligência.

— Minha menina, meu anjo, meu gatinho.

Ela a mima, a cobre de beijinhos, a segura apertada contra o peito.

Ao ver a menina se enrolar nos braços da mulherzinha loura, a velha se acalma. Não sabe mais o que dizer. Ela as observa enquanto balança a cabeça com um ar de desaprovação. Esperava, sem dúvida, provocar um escândalo. Isso a teria distraído. Teria alguma coisa para contar se a babá tivesse ficado brava, se fosse necessário chamar os pais, se as ameaças tivessem sido proferidas e postas em execução. A desconhecida acaba se levantando do banco e diz, indo embora:

— Bom, da próxima vez tome mais cuidado.

Louise observa a velha, que se volta duas ou três vezes enquanto vai embora. Ela sorri, agradecida. À medida que a silhueta curva se distancia, Louise aperta Mila, mais e mais forte. Esmaga o tronco da menininha, que reclama:

— Pare, Louise, você está me sufocando!

A criança tenta se soltar do abraço, se mexe, chuta, mas a babá a segura com firmeza. Cola seus lábios na orelha de Mila e diz, com uma voz alta e glacial:

— Não fuja nunca mais, ouviu? Você quer que alguém te leve? Um homem malvado? Da próxima vez, é o que vai acontecer. Você vai gritar e gritar, e ninguém vai aparecer. Você sabe o que ele vai fazer? Não? Você não sabe? Ele vai te levar embora, te esconder, guardar você só pra ele e você nunca mais vai ver seus pais.

Louise está para colocar a criança no chão quando sente uma dor forte no ombro. Ela grita e tenta empurrar a menininha, que a morde até tirar sangue. Os dentes de Mila afundam na sua carne, dilaceram, e ela continua enroscada no braço de Louise como um animal enlouquecido.

Nessa noite, ela não contou a Myriam a história da fuga nem da mordida. Mila também ficou em silêncio, sem que a babá tivesse pedido ou feito alguma ameaça. Nesse momento, Louise e Mila têm, cada uma, uma mágoa em relação a outra. Com esse segredo, elas se sentiram mais unidas que nunca.

Jacques

Jacques adorava mandá-la ficar quieta. Não suportava sua voz, que acabava com seus nervos. "Bico fechado, certo?" No carro, ela não conseguia não falar. Tinha medo do trânsito e falar a acalmava. Ela se lançava em monólogos insípidos, mal tomando fôlego entre duas frases. Soltava gritinhos, dizendo o nome das ruas, resgatando lembranças que tinha dali.

    Conseguia perceber que o marido ia ficando nervoso. Sabia que ele aumentava o som do rádio para que ela se calasse. Que era para humilhá-la que ele abria a janela e se punha a fumar cantarolando. A raiva dele lhe dava medo, mas ela precisava também reconhecer que, às vezes, isso a excitava. Ela sentia prazer em fazer suas entranhas ferverem, em levá-lo a um estado de cólera tal que ele seria capaz de parar no acostamento, pegá-la pelo pescoço e ameaçar, com a voz baixa, fazê--la se calar para sempre.

    Jacques era pesado, barulhento. Mais velho, tornou-se amargo, vaidoso. À noite, quando voltava do trabalho, ficava pelo menos uma hora se queixando disso ou daquilo. A se acreditar nele, todo mundo tentava roubá-lo, manipulá-lo, tirar proveito de sua condição. Depois de sua primeira demissão, levou seu empregador à Justiça. O processo custou tempo e muito dinheiro, mas a vitória final lhe deu tal sentimento de potência que ele tomou gosto pelos litígios nos tribunais. Mais tarde, pensou em fazer fortuna processando sua seguradora depois de um acidente banal de carro. Depois encrencou com os vizinhos do primeiro andar, com a prefeitura, com o síndico do prédio. Seus dias eram inteiros tomados pela redação de cartas ilegíveis e ameaçadoras. Ele dissecava na internet os sites de ajuda jurídica, à procura do menor artigo de lei que pudesse usar em seu favor. Jacques era raivoso e de uma má-fé sem limites. Invejava o sucesso dos outros, negava-lhes qualquer mérito. Acontecia até mesmo de ele passar a tarde no tribunal do comércio para se gabar das desgraças dos outros. Ele sentia prazer ao ver ruínas súbitas, golpes do destino.

— Eu não sou como você — ele dizia para Louise com orgulho. — Não tenho uma alma de capacho, para juntar a merda e o vômito de fedelhos. Só as negras devem fazer um trabalho assim.

Ele achava que sua mulher era dócil demais. E, se à noite, na cama, isso o excitava, no resto do tempo ele ficava exasperado. Dava conselhos a Louise continuamente, que ela fingia escutar. "Você deveria dizer a ele pra te reembolsar, só isso", "Você não deveria aceitar trabalhar nem um minuto a mais sem ser paga", "Pegue uma licença médica, vá, o que você acha que eles vão fazer?".

Jacques era ocupado demais para procurar um emprego. Suas obsessões tomavam todo o seu tempo. Quase não saía do apartamento, mantinha seus dossiês espalhados sobre a mesa de centro, a televisão sempre ligada. Nessa época, a presença de crianças se tornou insuportável e ele intimou Louise a ir trabalhar no apartamento de seus empregadores. As tosses infantis, os choros, mesmo os risos o irritavam. Louise, sobretudo, o repugnava. Suas preocupações medíocres, que giravam em torno dos moleques, deixavam-no enfurecido. "Você e suas coisas de tia velha", ele repetia. Ele achava que essas histórias não deveriam ser contadas. Deveriam ser vividas à parte, ninguém deveria saber de nada dessas histórias de bebês ou velhinhos. São fases ruins da vida, idades de servidão e repetição de gestos. Idades em que o corpo, monstruoso, sem pudor, mecânica fria e odorosa, invade tudo. Corpos que pedem amor e o que beber. "Dá desgosto ser humano."

Nessa época, ele comprou a crédito um computador, uma televisão nova e uma poltrona elétrica que fazia massagens e inclinava o encosto para a sesta. Passava horas na frente da tela azul de seu computador, cujo sopro asmático enchia o cômodo. Sentado na nova poltrona, em frente à televisão tinindo de nova, apertava freneticamente os botões do controle remoto, como um garoto mimado transformado em um idiota por ter brinquedos demais.

Era um sábado, sem dúvida, pois eles estavam jantando juntos. Jacques resmungava, como sempre, mas com menos vigor. Louise tinha colocado uma bacia com água gelada sob a mesa para Jacques pôr os pés. Louise ainda revê, em pesadelos, as pernas roxas de Jacques, com os tornozelos diabéticos inchados e doentes, que ele pedia todo o tempo para Louise massagear. Fazia alguns dias que Louise tinha notado sua tez amarelada, os olhos apagados. Tinha percebido sua dificuldade para terminar uma frase sem retomar o fôlego. Preparou um ossobuco. Na terceira garfada, quando se preparava para falar, Jacques vomitou tudo no prato. Vomitou de um jato, como os recém-nascidos, e Louise soube que era grave. Que isso não ia passar. Levantou e, vendo o rosto desamparado de Jacques, disse:

— Não se preocupe. Não é nada.

Ela falou sem parar, se acusando de ter posto muito vinho no molho, que tinha ficado ácido, desfiando teorias estúpidas sobre acidez estomacal. Falava e falava, dava conselhos, se acusava e então pedia perdão. Sua logorreia oscilante e sem pé nem cabeça só aumentava a angústia que tinha tomado conta de Jacques, a angústia de estar no próprio corpo, no alto de uma escada, quando tropeçamos em um degrau e nos vemos despencar, primeiro a cabeça, as costas moídas, a pele sangrando. Se ela tivesse se calado, ele talvez tivesse chorado, pedido ajuda ou mesmo um pouco de ternura. Mas arrumando o prato, tirando a toalha, limpando o chão, sem parar, ela fala.

Jacques morreu três meses depois. Secou como uma fruta que se esquece ao sol. Nevava no dia de seu enterro, e a luz estava quase azul. Louise se viu sozinha.

Balançou a cabeça na frente do tabelião que explicou, constrangido, que Jacques só tinha deixado dívidas. Olhou fixo para a papada apertada pela gola da camisa e fez de conta que aceitava a situação. De Jacques ela só herdou litígios abortados, processos em espera, faturas a pagar. O banco deu prazo de um mês para quitar a casinha de Bobigny, que seria confiscada. Louise encaixotou tudo sozinha. Arrumou com cuidado as poucas coisas que Stéphanie tinha deixado para trás. Não sabia o que fazer com as pilhas de documentos que Jacques tinha acumulado. Pensou em pôr fogo neles no quintal e achou que o fogo, com algum azar, poderia chegar até as paredes da casa, da rua, até de todo o bairro. Assim, toda essa parte de sua vida partiria na fumaça. Isso não seria desprazer nenhum para ela. Ficaria lá, discreta e imóvel, para observar as chamas devorarem as lembranças, seus passos longos nas ruas desertas e sombrias, seus domingos de tédio entre Jacques e Stéphanie.

Mas Louise ergueu sua mala, fechou a porta com duas voltas na chave e partiu, abandonando no hall da casinha as caixas de lembranças, as roupas da filha e as tramoias do marido. Nessa noite, ela dormiu em um quarto de hotel, que pagou adiantado por uma semana. Fazia sanduíches que comia em frente à televisão. Mordiscava biscoitos de figo que deixava derreter na língua. A solidão se revelou como uma fenda imensa em que Louise se viu afundar. A solidão que colava em sua pele, em suas roupas, começou a moldar seus traços e deu a ela os gestos de uma velhinha. A solidão aparecia no seu rosto no fim do dia, quando a noite cai e chegam os ruídos das casas onde vivem muitas pessoas. A luz diminui e o rumor chega; os risos e as respirações, até mesmo os suspiros de tédio.

A solidão agia como uma droga da qual ela não sabia se queria abdicar. Louise vagava pela rua, desconcertada, os olhos tão abertos que doíam. Na solidão, ela começou a olhar para as pessoas. A vê-las de verdade. A existência dos outros se tornou palpável, vibrante, mais real que nunca. Observava nos menores detalhes os gestos dos casais sentados nos terraços. Os olhares oblíquos dos velhotes abandonados. A afetação dos estudantes que fingiam estudar, sentados no encosto de um banco. Nas praças, na saída de uma estação de metrô, reconhecia o estranho desfile dos que estão perdendo a paciência. Esperava com eles a chegada de alguém. A cada dia ela reencontrava os companheiros de loucura, falantes solitários, malucos, mendigos.

A cidade, nessa época, estava cheia de loucos.

Começa o inverno, os dias se parecem. Novembro é chuvoso e glacial. Do lado de fora, as calçadas estão cobertas de gelo. É impossível sair. Louise tenta distrair as crianças. Inventa jogos, canta canções. Constroem uma casa de papelão. Mas o dia parece interminável. Adam tem febre e não para de gemer. Louise o segura no colo, embala-o por uma hora, até que ele dorme. Mila, que anda em círculos pela sala, fica nervosa também.

— Vem cá — diz Louise.

Mila se aproxima e a babá tira da bolsa a pequena nécessaire branca com a qual a menina já sonhou bastante. Mila acha que Louise é a mais bela das mulheres. Ela se parece com aquela aeromoça, loura e muito arrumada, que oferecera balinhas em um voo para Nice. Louise se mexe o dia todo, lava louça e corre da escola para casa, mas está sempre perfeita. Seus cabelos estão cuidadosamente puxados para trás. Seu rímel preto, que ela aplica em pelo menos três camadas espessas, lhe dá um olhar de boneca assustada. E, além disso, tem suas mãos, doces e que cheiram a flores. Suas mãos nas quais o esmalte nunca descasca.

Às vezes, Louise arruma suas unhas na frente de Mila, e a pequena inspira, de olhos fechados, o cheiro de acetona e de esmalte barato que a babá passa com um gesto rápido, sem nunca borrar. Fascinada, a menina a observa agitar as mãos no ar e soprar os dedos.

Se Mila aceita os beijos de Louise, é para sentir o cheiro de talco de seu rosto, para ver de mais perto a purpurina que brilha em suas pálpebras. Adora observar quando ela passa batom. Com uma mão Louise segura um espelho à sua frente, sempre limpíssimo, e estica a boca em uma careta estranha que Mila depois reproduz no banheiro.

Louise mexe na nécessaire. Pega as mãos da menininha e cobre as palmas com um creme de rosas que ela tira de um pote minúsculo.

— O cheiro é bom, né? — Sob os olhos espantados da criança, passa esmalte em suas pequenas unhas. Um esmalte rosa e comum, que tem um forte cheiro de acetona. Este cheiro, para Mila, é o da feminilidade.

— Você pode tirar os sapatos? — E passa o esmalte nos dedos gordinhos do pé, mal saídos da infância. Louise esvazia o conteúdo da nécessaire sobre a mesa. Uma poeira alaranjada e um cheiro de talco se espalham. Mila é tomada por um riso de júbilo. Louise então passa na criança batom, sombra azul e um pó laranja nas maçãs do rosto. Abaixa a cabeça dela e afofa seus cabelos, lisos e finos demais, criando mais volume.

Riem tanto que não ouvem Paul, que fecha e porta e entra na sala. Mila sorri, com a boca e os braços abertos.

Paul a olha fixamente. Ele, que estava tão feliz por voltar mais cedo, tão contente por ver os filhos, sente um sobressalto. Tem a impressão de ter surpreendido um espetáculo sórdido ou doentio. Sua filha, sua pequenininha, parece um travesti, uma cantora de cabaré decadente, acabada, destruída. Ele não se controla. Está furioso, fora de si. Odeia Louise por ter promovido esse espetáculo. Mila, seu anjo, sua libélula azul, está tão feia quanto um animal de circo, tão ridícula quanto o cachorro que uma velha senhora histérica teria vestido para passear.

— Mas o que é isso? O que é que te deu? — Paul grita.

Pega Mila pelo braço e a põe em cima do banquinho no banheiro. Tira a maquiagem do rosto dela. A menina grita.

— Você está me machucando!

Ela choraminga e o batom só se espalha, mais grudento, mais viscoso, na pele diáfana da criança. Ele tem a impressão de desfigurá-la ainda mais, de sujá-la, e sua raiva aumenta.

— Louise, estou te avisando, não quero nunca mais isso. Tenho horror a esse tipo de coisa. Não quero que minha filha aprenda algo tão vulgar. Ela é pequena demais pra ser fantasiada de... Você sabe o que eu quero dizer.

Louise fica de pé, na entrada do banheiro, com Adam no colo. Apesar dos gritos de seu pai, da agitação, o bebê não chora. Ele dirige a Paul um olhar duro, desconfiado, como se quisesse dizer que tinha escolhido seu lado, o de Louise. A babá ouve Paul. Ela não baixa os olhos, não se desculpa.

Stéphanie poderia estar morta. Louise às vezes pensa nisso. Poderia ter impedido que ela nascesse. Cortado o mal pela raiz. Ninguém teria percebido. Ninguém teria coragem de repreendê-la. Se a tivesse eliminado, talvez agora a sociedade até agradecesse seu gesto. Teria dado mostras de civismo, de lucidez.

Louise tinha vinte e cinco anos e acordou um dia com os seios pesados e doloridos. Uma tristeza nova tinha se imiscuído entre ela e o mundo. Ela sentia que alguma coisa estava errada. Trabalhava então na casa do sr. Franck, um pintor que vivia com a mãe em uma mansão no décimo quarto *arrondissement*. Louise não compreendia muito as obras do sr. Franck. Na sala, nas paredes do corredor e nos quartos, ela parava diante de imensos retratos de mulheres desfiguradas, com os corpos paralisados pela dor ou inertes pelo êxtase, que tinham feito a notoriedade do pintor. Louise não saberia dizer se os achava bonitos, mas ela os amava.

Geneviève, a mãe do sr. Franck, tinha fraturado o colo do fêmur descendo de um trem. Não podia mais andar e, na plataforma, tinha perdido a consciência. Vivia deitada, nua a maior parte do tempo, em um quarto claro do térreo. Era tão difícil vesti-la, ela se debatia com tal ferocidade, que eles se contentavam em estendê-la sobre uma fralda aberta, com os seios e o sexo à vista de todos. O espetáculo desse corpo abandonado era assustador.

    O sr. Franck primeiro contratou enfermeiras qualificadas e muito caras. Mas elas se queixavam dos caprichos da velha. Elas a enchiam de medicamentos. O filho as achava frias e brutais. Sonhava com uma amiga para sua mãe, uma babá, uma mulher terna que ouvisse seus delírios sem revirar os olhos para o alto, sem suspirar. Louise era jovem, verdade, mas ela o tinha impressionado pela força física. No primeiro dia, entrou no quarto e conseguiu, sozinha, levantar o corpo pesado como uma pedra. Ela a tinha lavado, falando sem parar, e Geneviève, pela primeira vez, não tinha gritado.

    Louise dormia com a velha. Ela a banhava. Ouvia seus delírios à noite. Como os bebês pequenos, Geneviève temia os finais de tarde. As luzes ficando fracas, as sombras, os silêncios a faziam gritar de medo. Tinha terrores noturnos. Pedia que sua mãe, morta havia quarenta anos, viesse buscá-la. Louise, que dormia ao lado da cama de hospital, tentava acalmá-la. A velha a cobria de insultos, a chamava de puta, cadela, bastarda. Às vezes, tentava bater nela.

    E então Louise começou a dormir mais profundamente do que nunca. Os gritos de Geneviève não a incomodavam mais. Em pouco tempo ela não conseguiu mais virar a velha ou colocá-la na cadeira de rodas. Seus braços pareciam atrofiados, suas costas doíam muito. Certa vez, quando a noite já tinha caído e Geneviève murmurava rezas dilacerantes, Louise subiu até o ateliê do sr. Franck para explicar a situação. O pintor entrou em um estado de cólera que Louise não tinha previsto. Fechou a porta com violência e se aproximou dela, fixando os olhos cinza nos seus. Ela achou, por um instante, que ele ia bater nela. E ele se pôs a rir.

— Louise, alguém como você, solteira e que mal ganha a vida, não pode ter filhos. Pra dizer com todas as palavras, acho que você é completamente irresponsável. Você chega com seus olhos redondos e seu sorriso bobo pra me anunciar isso. E o que mais você quer? Que eu abra um champanhe?

Ele ficava andando em torno do cômodo, no meio de telas inacabadas, com as mãos atrás das costas.

— Você acha que essa é uma boa notícia? Não tem noção de nada? Vou te dizer: você tem sorte de ter caído na mão de um empregador como eu, que tenta te ajudar a melhorar a situação. Conheço gente que te botaria na rua rapidinho. Eu te confio minha mãe, que é a pessoa mais importante do mundo pra mim, e descubro que você é completamente desmiolada, incapaz de qualquer bom senso. Não dou a mínima pro que você faz nas suas noites livres. Seus hábitos levianos não me dizem respeito. Mas a vida não é uma festa. O que você faria com um bebê?

Na verdade, o sr. Franck se importava, sim, com o que Louise fazia nos sábados à noite. Começou a fazer perguntas mais e mais insistentes. Ele tinha vontade de sacudi-la, de bater nela para que ela confessasse. Para que ela contasse o que fazia quando não estava lá, sob seus olhos, na cabeceira de Geneviève. Ele queria saber de que tipo de carícias aquela criança tinha nascido, em que cama Louise tinha se abandonado ao prazer, à luxúria, ao riso. Perguntava sem parar quem era o pai, que tipo de pessoa era ele, onde o tinha conhecido e o que ele pretendia fazer. Mas Louise, invariavelmente, respondia a essas questões dizendo: "Não é ninguém".

O sr. Franck tomou a responsabilidade para si. Disse que ele mesmo a levaria ao médico e a esperaria durante a intervenção. Até prometeu que, uma vez resolvido isso, ele a contrataria legalmente, que depositaria dinheiro em uma conta bancária em seu nome e que ela teria direito a férias pagas.

No dia da operação, Louise não acordou e perdeu a consulta. Stéphanie se impôs, se aprofundando nela, distendendo-a, esfarrapando sua juventude. Ela germinou como um cogumelo em um bosque úmido. Louise não voltou para a casa do sr. Franck. Nunca mais viu a velha.

Fechada no apartamento dos Massé, ela às vezes acha que está ficando louca. Depois de alguns dias, placas vermelhas apareceram em suas bochechas e nos punhos. Louise foi obrigada a colocar as mãos e o rosto na água gelada para acalmar a sensação de ardência que a devorava. Durante esses longos dias de inverno, um imenso sentimento de solidão a oprime. Atormentada pelo pânico, ela sai do apartamento, fecha a porta atrás de si, enfrenta o frio e leva as crianças ao parquinho.

Os parquinhos nas tardes de inverno. A garoa varre as folhas mortas. As pedrinhas congeladas grudam nos joelhos das crianças. Nos bancos, nas aleias discretas, cruza-se com aqueles que o mundo não quer mais. Eles fogem de apartamentos exíguos, de salas tristes, de poltronas afundadas pela inatividade e pelo tédio. Preferem tremer ao ar livre, com as costas curvadas, os braços cruzados. Às quatro da tarde, os dias ociosos parecem intermináveis. É no meio da tarde que percebemos o tempo desperdiçado, que nos preocupamos com a noite que vai chegar. Nessa hora, temos vergonha de não servir para nada.

Os parquinhos nas tardes de inverno são assombrados pelos vagabundos, os mendigos, os desempregados e os velhos, os doentes, os errantes, os instáveis. Os que não trabalham, os que não produzem nada. Os que não ganham dinheiro. Na primavera, claro, os amantes voltam, os casais clandestinos encontram um refúgio sob as tílias, nas alcovas floridas, e os turistas fotografam as estátuas. No inverno é outra coisa.

Em torno do escorregador congelado, há babás e seu exército de crianças. Embrulhados em jaquetas acolchoadas que os prendem, os pimpolhos correm como gordas bonecas japonesas, o nariz escorrendo muco, os dedos roxinhos. Assopram fumaça branca e ficam maravilhados. Nos carrinhos, os bebês presos pelos cintos contemplam os mais velhos. Talvez alguns estejam melancólicos, impacientes. Têm pressa, sem dúvida, de poder se aquecer trepando nos brinquedos de madeira. Batem os pés imaginando escapar à vigilância das mulheres que os seguram com uma mão firme ou brutal, gentil ou nervosa. Mulheres com túnicas muçulmanas no inverno glacial.

Há mães também, mães com o olhar vago. Mães que um parto recente mantém à beira do mundo e que, no banco, sentem o peso de seu ventre ainda flácido. Carregam seu corpo de dor e secreções, seu corpo que cheira a leite azedo e sangue. Essa carne que elas carregam e a quem não oferecem nem cuidado nem repouso. Há as mães sorridentes, radiosas, tão raras, que todas as crianças invejam. As que não se despediram nessa manhã, que não os deixaram nos braços de outra. Aquelas que um dia de descanso excepcional levou para lá e que aproveitam aquele banal dia de inverno com um entusiasmo estranho.

Há homens também, mas, mais perto dos bancos do parquinho, mais perto da caixa de areia, mais perto dos pimpolhos, as mulheres fazem uma parede compacta, uma defesa intransponível. Desconfia-se dos homens que se aproximam, daqueles que se interessam por esse mundo de mulheres. Aqueles que sorriem para as crianças, que olham para suas bochechas gordas e suas perninhas, são expulsos. As vovós os deploram: "Todos esses pedófilos que existem hoje em dia! No meu tempo isso não existia".

Louise não tira os olhos de Mila. A menininha corre do escorregador ao balanço. Não para nunca, não quer dar chance ao frio. Suas luvas estão encharcadas e ela as enxuga, esfregando-as contra seu casaco rosa. Adam dorme no carrinho. Louise o enrolou em uma coberta e acaricia gentilmente a pele de sua nuca, entre o casaco e o gorro de lã. Um sol glacial, de brilho metálico, faz com que ela aperte os olhos.

— Aceita?

Uma jovem sentou a seu lado, com as pernas separadas. Estende uma caixinha onde estão alguns doces de mel. Louise a observa. Ela não tem mais de vinte e cinco anos e sorri de maneira um pouco vulgar. Seus cabelos negros estão sujos e sem pentear, mas supõe-se que ela poderia ser bonita. Atraente, ao menos. Ela tem curvas sensuais, um pouco de barriga e coxas grossas. Mastiga seu doce com a boca aberta e chupa os dedos cobertos de mel fazendo barulho.

— Obrigada. — Louise recusa o doce com um gesto.

— De onde eu venho, sempre oferecemos de comer a desconhecidos. Só aqui vi pessoas comendo sozinhas.

Um menino de uns quatro anos se aproxima da jovem e ela enfia um doce na sua boca. O menininho ri.

— É bom pra você — ela diz. — É nosso segredo, certo? Não conte pra sua mãe.

O menininho se chama Alphonse, e Mila gosta de brincar com ele. Louise vem ao parquinho todo dia e todo dia ela recusa os doces gordurosos que Wafa lhe oferece. Proíbe Mila de comê-los, mas Wafa não se ofende. A jovem é muito tagarela e, no banco, com o quadril colado em Louise, conta sua vida. Fala, sobretudo, de homens.

Wafa lembra uma espécie de grande felino pouco sutil, mas muito hábil. Ela ainda está ilegal e não parece se preocupar com isso. Chegou na França graças a um velho para quem fazia massagens em um hotel suspeito de Casablanca. O homem se apegou a suas mãos, tão macias, depois a sua boca e suas nádegas e, enfim, a todo esse corpo que ela lhe ofereceu, seguindo assim seu instinto e os conselhos da mãe. O velho a levou a Paris, onde vivia em um apartamento miserável e recebia dinheiro do Estado.

— Ele ficou com medo de que eu ficasse grávida e seus filhos me puseram pra fora. Mas o velho bem que queria que eu ficasse.

Frente a Louise e seu silêncio, Wafa fala como quem se confessa a um padre ou à polícia. Ela conta os detalhes de uma vida que nunca será escrita. Depois de sair da casa do velho, foi recolhida por uma moça que a registrou em um site de encontros para jovens muçulmanas imigrantes ilegais. Uma noite, um homem marcou um encontro com ela em um McDonald's de periferia. O cara achou ela bonita. Deu em cima dela. Até tentou violá-la. Ela conseguiu acalmá-lo. Começaram a falar de dinheiro. Youssef aceitou se casar com ela por vinte mil francos. "Não é caro comprar documentos franceses", ele explicou.

Ela encontrou esse trabalho, uma sorte, junto a um casal franco-americano. Eles a tratam bem, embora sejam bastante exigentes. Alugaram um quartinho para ela a cem metros de sua casa.

— Eles pagam o aluguel, mas, em troca, eu nunca posso dizer não pra eles. Eu adoro esse menino — ela diz, devorando Alphonse com os olhos.

Louise e Wafa se calam. Um vento glacial varre o parquinho e elas sabem que logo terão que ir.

— Coitadinho. Olhe pra ele, mal consegue se mexer de tanta roupa que pus nele. Mas se ele pega uma friagem, a mãe dele me mata.

Wafa tem medo, às vezes, de envelhecer em um desses parques. De sentir seus joelhos cederem nesses velhos bancos gelados, de não ter mais força nem para erguer uma criança. Alphonse vai crescer. Não vai mais colocar os pés no parquinho em uma tarde fria de inverno. Ele vai para o sol. Vai tirar férias. Talvez um dia até durma em um dos quartos do Grand Hôtel, onde ela massageava os homens. Ele, que ela criou, será atendido por uma de suas irmãs ou primas, no terraço de ladrilhos amarelos e azuis.

— Veja só, tudo volta e se inverte. Sua infância e minha velhice. Minha juventude e sua vida de homem. O destino é perverso como um réptil, ele sempre dá um jeito de empurrar a gente pro lado ruim do caminho.

A chuva cai. É preciso voltar.

Para Paul e Myriam, o inverno passa a toda velocidade. Durante algumas semanas, o casal se vê pouco. Se encontram na cama, um se junta ao outro no sono. Encostam os pés sob os lençóis, se dão beijos no pescoço e riem ao ouvir o outro rosnar como um animal perturbado enquanto dorme. Falam-se durante o dia, deixam mensagens um para o outro. Myriam escreve post-its amorosos, que cola no espelho do banheiro. Paul envia, no meio da noite, vídeos de suas sessões de ensaio.

A vida se transformou em uma sucessão de tarefas, de trabalhos a cumprir, de compromissos não desmarcáveis. Myriam e Paul estão sobrecarregados. Adoram repetir isso, como se esse esgotamento fosse precursor do sucesso. Sua vida transborda, mal há tempo para dormir, nenhum tempo para a contemplação. Correm de um lugar para o outro, trocam de sapatos nos táxis, saem para beber com pessoas importantes para suas carreiras. Para ambos, eles meio que se transformam nos proprietários de uma empresa que funciona com objetivos claros, entradas de dinheiro e custos.

Em todos os cantos da casa há listas que Myriam escreve em um guardanapo de papel, em um post-it ou na última página de um livro. Ela passa o tempo procurando essas listas. Teme jogá-las fora, como se isso a fizesse perder o fio das tarefas a cumprir. Guardou algumas muito velhas e as relê com nostalgia ainda maior quando não lembra a que elas se referem.

– *Farmácia*
– *Contar para Mila a história de Nils* *
– *Reservas para a Grécia*
– *Ligar para M.*
– *Reler todas as minhas notas*
– *Voltar a olhar aquela vitrine. Comprar o vestido?*
– *Reler Maupassant*
– *Fazer uma surpresa para ele?*

Paul está feliz. Sua vida, dessa vez, parece à altura de seu apetite, de sua energia insana, de sua alegria de viver. Ele, o menino que cresceu a céu aberto, pode enfim mostrar todo seu potencial. Em alguns meses, sua carreira passou por uma verdadeira reviravolta, e pela primeira vez na vida ele faz exatamente o que quer. Não passa mais os dias a serviço dos outros, obedecendo ou se calando diante de um produtor histérico ou de cantores infantis. Os dias esperando grupos que não avisam que se atrasarão seis horas ficaram para trás. As sessões de gravação com cantores pop que tentam recomeçar, ou com aqueles que precisam de litros de álcool e dezenas de carreiras antes de cantar uma nota, são passado. Paul passa as noites no estúdio, sedento de música, de ideias novas, de risos loucos. Não deixa nada ao acaso, corrige o som de um tarol por horas, de um arranjo de bateria. "Louise está lá!", ele

---

* Herói de um romance de aventuras sueco, *A maravilhosa viagem de Nils Holgersson através da Suécia*, de Selma Lagerlöf, do começo do século XX. [N.T.]

repete para a mulher quando ela se angustia com a ausência dos filhos.

Quando Myriam engravidou, ele ficou louco de alegria, mas avisou aos amigos que não queria que sua vida mudasse. Myriam disse a si mesma que ele tinha razão e olhou para seu homem, tão esportivo, tão bonito, tão independente, com ainda mais admiração. Ele tinha prometido zelar para que a vida deles continuasse luminosa, para que ela continuasse a reservar surpresas.

— Vamos viajar e levaremos as crianças com a gente. Você vai ser uma grande advogada, eu produzirei artistas de sucesso e nada mudará.

Eles fizeram de conta, eles lutaram.

Nos meses que se seguiram ao nascimento de Mila, a vida se transformou em uma comédia meio patética. Myriam escondia as olheiras e a melancolia. Tinha medo de assumir que tinha sono o tempo todo. Nessa época, Paul começou a perguntar: "No que você está pensando?", e toda vez ela tinha vontade de chorar. Convidavam amigos para casa e Myriam precisava se segurar para não colocá-los para fora, não virar a mesa, não se trancar no quarto. Os colegas riam, brindavam, Paul os servia de novo. Conversavam alto e Myriam temia pelo sono da filha. Ela gritaria de cansaço se a menina acordasse.

No nascimento de Adam, foi ainda pior. Na noite em que eles voltaram da maternidade, Myriam dormiu no quarto, com o bercinho transparente ao lado. Paul não conseguia dormir. Parecia que um cheiro estranho reinava no apartamento. O mesmo cheiro das lojas de animais, dos cais onde eles às vezes levavam Mila no fim de semana. Um cheiro de secreção e de coisa fechada, de urina seca em uma maca. Esse cheiro lhe dava náuseas. Levantou, levou o lixo para fora. Abriu a janela. Então se deu conta de que tinha sido Mila que tinha jogado tudo o que podia nos vasos sanitários, que naquele momento transbordavam e espalhavam aquele vento podre no apartamento.

Nessa época, Paul se sentiu pego em uma armadilha, carregado de obrigações. Ele se apagou; ele, cujo desembaraço, riso tonitruante e confiança no futuro todo mundo admirava. Ele, o varapau louro que fazia as moças se virarem quando passava, sem que ele as percebesse. Parou de ter ideias loucas, de propor fins de semana na montanha e pequenas viagens rápidas para comer ostras na praia. Temperou seus entusiasmos. Nos meses que seguiram o nascimento de Adam, ele começou a evitar sua casa. Inventava compromissos e bebia cerveja, sozinho, escondido, em um bairro longe do seu. Seus colegas também tinham virado pais e a maioria tinha trocado Paris pelo subúrbio, pelo interior ou por um país quente no sul da Europa. Por alguns meses, Paul se tornou infantil, irresponsável, ridículo. Cultivou segredos e vontade de fugir. No entanto, não era condescendente consigo mesmo. Sabia bem o quanto sua atitude era banal. Tudo o que ele queria era não voltar para casa, ser livre, ele que tinha vivido tão pouco e que se dava conta disso tarde demais. O papel de pai parecia ao mesmo tempo grande e muito triste.

    Mas isso era passado, ele não podia mais dizer que não queria. As crianças estavam lá, amadas, adoradas, jamais questionadas, mas a dúvida tinha se insinuado em todos os lugares. As crianças, seu cheiro, seus gestos, seu desejo por ele, tudo isso o emocionava a um ponto que ele não conseguiria descrever. Tinha vontade, às vezes, de ser criança com elas, de ficar do mesmo tamanho, de se fundir à infância. Alguma coisa estava morta e não era só a juventude e a despreocupação. Ele não era mais inútil. Precisavam dele e ele tinha obrigações quanto a isso. Tornando-se pai, ele ganhou princípios e certezas, o que tinha jurado jamais ter. Sua generosidade ficou relativa. Seus entusiasmos esfriaram. Seu universo encolheu.

Louise está lá agora e Paul voltou a sair com sua mulher. Numa tarde, ele enviou uma mensagem. "Praça des Petits-Pères." Ela não respondeu e ele achou seu silêncio maravilhoso. Como uma delicadeza, um silêncio amoroso. Chegou à praça com o coração aos saltos, um pouco adiantado e inquieto. "Ela vai vir, claro que ela vai vir." Ela foi, e eles passearam pelas margens do Sena como faziam antes.

Ele sabe o quanto Louise é necessária, mas ele não a suporta mais. Com seu corpo de boneca, sua chatice, ela o irrita, o exaspera.

— Ela é tão perfeita, tão delicada, que às vezes sinto um tipo de desgosto profundo — confessou um dia para Myriam.

Ele tem horror de sua silhueta de mocinha, do jeito que ela tem de dissecar cada gesto das crianças. Despreza suas teorias sombrias sobre educação e seus métodos de antigamente. Ri das fotos que ela começou a enviar para eles pelo celular, dez vezes por dia, em que as crianças, sorrindo, erguem seus pratos vazios e ela comenta: "Comi tudo".

Desde o incidente com a maquiagem, ele fala o menos possível com ela. Naquela noite ele pensou até em demiti-la. Ligou para Myriam para tratar do assunto. Ela estava no escritório, não tinha tempo para isso. Então ele esperou que ela voltasse e, quando sua mulher abriu a porta, em torno das onze, ele contou a cena, a maneira como Louise o olhou, seu silêncio gelado, sua insolência.

Myriam argumentou. Minimizou o caso. Reprovou-o por ter sido muito duro, por se mostrar contrariado. De qualquer modo, elas sempre se unem contra ele, como duas lobas. No que diz respeito às crianças, elas o tratam às vezes com uma arrogância que o exaspera. Usam de sua cumplicidade de mães. Elas o infantilizam.

Sylvie, a mãe de Paul, riu deles.

— Vocês se fazem de grandes senhores com sua governanta. Não acham que fazem isso demais?

Paul se irritou. Seus pais o criaram detestando o dinheiro, o poder e respeitando um pouco ingenuamente os menos favorecidos. Ele sempre trabalhou de maneira descontraída, tratando as pessoas como iguais. Sempre teve uma relação informal com seu chefe. Nunca deu ordens. Mas Louise fez dele um patrão. Ele se ouve dando conselhos desprezíveis para a mulher.

— Não faça muitas concessões, senão ela não vai mais parar de reclamar — ele diz, com o braço esticado, a mão passando do pulso ao ombro.

No banho, Myriam brinca com o filho. Ela o segura entre as coxas, o aperta contra si e o mima com palavras até que Adam acaba se debatendo e chorando. Ela não consegue se conter e cobre de beijos seu corpo gorducho, esse corpo perfeito de anjinho. Ela olha para ele e se sente invadida por uma lufada aguda de amor maternal. Diz a si mesma que logo não ousará mais se colocar assim, nua, grudada nele. Que isso não será mais possível. E então, mais rápido do que ela imagina, ela será velha, e ele, essa criança risonha e mimada, terá virado um homem.

Quando estava tirando a roupa dele, ela percebeu dois traços estranhos, no braço e nas costas, na altura do ombro. Duas cicatrizes vermelhas e quase apagadas, mas onde ainda se adivinham marcas de dentes. Beija suavemente as duas marcas. Fica com o filho colado contra ela. Ela pede perdão e o consola tardiamente desse sofrimento que ocorreu na sua ausência.

Na manhã seguinte, Myriam fala com Louise. A babá acaba de entrar no apartamento. Não teve tempo nem de tirar o casaco e Myriam já estende o braço nu de Adam. Louise não parece espantada.

Ergue suas sobrancelhas, pendura seu casaco e pergunta:
— Paul levou Mila pra escola?

— Levou, acabaram de sair. Louise, você viu isso? É uma marca de mordida, não é?

— Sim, eu sei. Pus um pouco de creme pra cicatrizar. Foi Mila que o mordeu.

— Você tem certeza? Você estava perto? Você viu?

— Claro que eu estava perto. Os dois estavam brincando na sala enquanto eu fazia o jantar. E então ouvi Adam gritar. Ele estava sangrando, o pobrezinho, e no começo não entendi por quê. Mila o tinha mordido por cima da roupa, por isso não entendi de pronto.

— Eu não entendo — Myriam repetia, beijando a cabeça careca de Adam. — Eu perguntei várias vezes se ela tinha feito isso. Até disse que não brigaria com ela. Ela jurou que não sabia de onde tinha vindo a mordida.

Louise suspira. Abaixa a cabeça. Parece hesitar.

— Eu tinha prometido não dizer nada, e a ideia de quebrar uma promessa que fiz a uma criança me chateia muito.

Tira seu colete preto, desabotoa seu vestido *chemise* e mostra seu ombro. Myriam se inclina e não consegue reter uma exclamação, de surpresa e desgosto. Ela olha fixamente para a mancha escura que cobre o ombro de Louise. A cicatriz é antiga, mas vê-se claramente os dentinhos que se cravaram na carne, que a laceraram.

— Foi Mila quem fez isso?

— Veja, prometi a Mila não dizer nada. Não fale nada pra ela. Se o laço de confiança entre nós for quebrado, penso que ela vai ficar ainda mais perturbada, você não acha?

— Ah.

— Ela tem um pouco de ciúme do irmão, é normal. Deixe que cuido disso, está bem? Você vai ver, vai ficar tudo bem.

— Sim. Talvez. Mas, de verdade, eu não entendo.

— Você não deveria tentar entender tudo. As crianças são como os adultos. Não há nada pra entender.

Como Louise ficou com um ar sombrio, quando Myriam anunciou que eles iriam para a montanha por uma semana, para a casa dos pais de Paul! Myriam se lembra disso e sente arrepios. O olhar negro de Louise estava tomado por uma tempestade. Naquela noite, a babá foi embora sem se despedir das crianças. Como um fantasma, monstruosamente discreta, fechou a porta, e Mila e Adam disseram:

— Mamãe, Louise desapareceu.

Alguns dias depois, na hora da partida, Sylvie veio buscá-los. Era uma surpresa para a qual Louise não estava preparada. A avó, alegre, imprevisível, entrou no apartamento aos brados. Jogou sua bolsa no chão e rolou na cama com as crianças, prometendo uma semana de festas, jogos e comilança. Myriam ria das palhaçadas da sogra quando se virou. A babá estava com uma palidez de morte, seus olhos circundados por olheiras pareciam ter afundado ainda mais. Ela parecia murmurar alguma coisa. Myriam foi em sua direção, mas Louise já tinha se abaixado para fechar uma mala. Mais tarde, Myriam pensou que tinha se enganado, sem dúvida.

Myriam tentou raciocinar. Ela não tinha razão de se sentir culpada. Não deve nada a sua babá. Entretanto, sem que se explique, tem a impressão de estar arrancando seus filhos de Louise, de lhe negar alguma coisa. De puni-la.

Louise talvez tenha levado a mal ter sido informada tão tarde e não ter podido organizar suas próprias férias. Ou está simplesmente contrariada porque as crianças vão passar algum tempo com Sylvie, por quem ela nutre uma profunda inimizade. Quando Myriam se queixa de sua sogra, a babá tende a se exaltar. Toma o partido de Myriam com um ardor excessivo, acusando Sylvie de ser desequilibrada, histérica, de exercer uma má influência sobre as crianças. Incita a patroa a não se deixar levar por ela, pior, a distanciar a avó das pobres crianças. Nesses momentos, Myriam se sente apoiada e um pouco desconfortável ao mesmo tempo.

No carro, quando se prepara para sair, Paul tira o relógio que usa no pulso esquerdo.

— Pode guardar na sua bolsa, por favor? — ele pede a Myriam.

Ele comprou esse relógio há dois meses, graças a um contrato assinado com um cantor famoso. É um Rolex usado que um amigo conseguiu por um preço bastante razoável. Paul hesitou muito antes de comprar. Tinha muita vontade, achava o relógio perfeito, mas sentia um pouco de vergonha do fetichismo, desse desejo fútil. Na primeira vez que usou, ele pareceu magnífico e enorme. Ele o achava pesado, chamativo. Não parava de puxar a manga do casaco para cobri-lo. Mas muito rápido ele se acostumou a esse peso na ponta do braço esquerdo. No fundo essa joia, a única que jamais tinha tido, era discreta. E, depois, ele bem que tinha o direito de se fazer um agrado. Não tinha roubado de ninguém.

— Por que você está tirando o relógio? — pergunta Myriam, que sabe o quanto ele gosta dele. — Não funciona mais?
— Não, ele funciona muito bem. Mas você conhece a minha mãe. Ela não entenderia. E não estou com vontade de passar a noite discutindo por causa disso.

Eles chegam no começo da noite na casa gélida, onde metade dos cômodos ainda está em reforma. O teto da cozinha ameaça cair, e no banheiro os fios elétricos estão aparentes. Myriam detesta esse lugar. Tem medo pelas crianças. Ela os segue em cada canto da casa, os olhos em pânico, as mãos para trás, pronta para segurá-los em uma queda. Faz a ronda. Interrompe as brincadeiras. "Mila, venha colocar mais um casaco." "Adam está respirando mal, não acha?"

Uma manhã, acorda gelada. Assopra as mãos frias de Adam. Fica preocupada com a palidez de Mila e a obriga a usar o gorro dentro de casa. Sylvie prefere se calar. Ela queria oferecer às crianças a selvageria e a fantasia que lhes são proibidas. Com ela não há regras. Ela não as enche de brinquedos frívolos, como os pais que tentam compensar suas ausências. Não se preocupa com as palavras que usa e é repreendida o tempo todo por Paul e Myriam.

Para chatear a nora, ela os chama de "meus passarinhos caídos do ninho". Adora lamentar o fato de eles viverem na cidade, sofrerem com a incivilidade e a poluição. Gostaria de alargar o horizonte dessas crianças condenadas a serem pessoas corretas, ao mesmo tempo servis e autoritárias. Frouxas.

Sylvie se controla. Ela se segura o quanto pode para não falar da educação das crianças. Alguns meses antes, uma discussão violenta opôs as duas mulheres. O tipo de briga que o tempo não apaga, e cujas palavras, muito tempo depois, continuam a ressoar nas duas a cada vez que se veem. Todo mundo tinha bebido. Demais. Myriam, sentimental, procurou em Sylvie um ouvido sensível. Queixou-se de nunca ver seus filhos, de sofrer nessa existência desenfreada em que ninguém lhe dava nada de graça. Mas Sylvie não a consolou. Não ofereceu seu ombro a Myriam. Ao contrário, se lançou em um ataque sistemático à nora. Suas armas, aparentemente, estavam bem afiadas, prontas para serem utilizadas quando a ocasião se apresentasse. Sylvie a repreendeu por dedicar tempo demais à profissão, ela que, no entanto, tinha trabalhado durante toda a infância de Paul e sempre se vangloriado de sua independência. Ela a chamou de irresponsável, de egoísta. Enumerou as viagens profissionais que Myriam tinha feito mesmo quando Adam estava doente e Paul terminava a gravação de um álbum. Era sua culpa, ela dizia, se as crianças eram insuportáveis, tirânicas, caprichosas. Sua culpa e de Louise, essa babá de araque, essa mãe fajuta em quem Myriam confiava por condescendência, por fraqueza. Myriam começou a chorar. Paul, estupefato, não dizia nada, e Sylvie levantava os braços repetindo:

— E ainda chora! Vejam. Ela chora e é pra gente ter pena porque ela não é capaz de ouvir a verdade.

Cada vez que Myriam vê Sylvie, a lembrança dessa noite a oprime. Ela ficou com a sensação, naquela noite, de ser atacada, derrubada e crivada de punhaladas. Myriam jazia, com o ventre aberto, na frente do marido. Não teve forças para se defender contra as acusações que sabia serem em parte verdadeiras, mas que considerava como seu fardo, bem como o de muitas outras mulheres. Nem por um instante houve espaço para a indulgência nem para a ternura. Nenhum conselho foi oferecido de uma mãe a outra, de mulher para mulher.

* * *

No café da manhã, Myriam está com o olhar grudado no telefone. Tenta desesperadamente consultar seus e-mails, mas a conexão é muito lenta e ela está furiosa a ponto de jogar seu celular contra a parede. Histérica, ameaça Paul de voltar para Paris. Sylvie ergue as sobrancelhas, visivelmente exasperada. Sonhava com outro tipo de mulher para seu filho, mais doce, mais esportiva, mais criativa. Uma moça que gostasse da natureza, de passeios na montanha, e que não teria se queixado de desconforto nessa casa encantadora.

Durante muito tempo Sylvie se repetiu, contando sempre as mesmas histórias sobre sua juventude, seus empenhos passados, seus companheiros revolucionários. Com a idade, ela aprendeu a maneirar. Compreendeu, sobretudo, que ninguém ligava para essas teorias nebulosas sobre esse mundo de vendidos, esse mundo de idiotas acabados, nutridos pelas telas e pela carne de matadouro. Ela, na idade deles, só sonhava fazer a revolução.

— Éramos um pouco ingênuos, na verdade — afirma Dominique, seu marido, que fica triste por vê-la infeliz. — Ingênuos talvez, mas nós éramos menos cretinos.

Ela sabe que o marido não entende nada dos ideais que ela nutre e de que todos desdenham. Gentilmente, ele a ouve desabafar suas decepções e angústias. Ela se lamenta de ver no que seu filho se transformou — "Era um menino tão livre, você se lembra?" —, um homem vivendo sob o jugo de sua mulher, escravo de seu apetite pelo dinheiro e de sua vaidade. Ela acreditou por bastante tempo em uma revolução regida pelos dois sexos, que faria nascer um mundo bem diferente daquele no qual crescem seus netos. Um mundo onde teríamos o tempo de viver.

— Você é ingênua, minha querida. As mulheres são capitalistas como todo mundo — disse Dominique.

Myriam dá voltas na cozinha, agarrada ao telefone. Dominique, para desanuviar, propõe um passeio. Myriam, mais calma, cobre os filhos com três camadas de roupas, luvas e cachecóis. Uma vez lá fora, pés na neve, as crianças correm, maravilhadas. Sylvie levou dois pequenos trenós que pertenceram a Paul e a seu irmão, Patrick, quando eram crianças. Myriam se esforça para não se preocupar e olha, segurando a respiração, as crianças descerem uma colina.

Eles vão quebrar o pescoço, pensa, e ela vai sofrer. Não para de repetir para si: *Louise me entenderia*.

Paul se entusiasma, encoraja Mila, que acena e diz:

— Olhe, papai! Olhe como eu ando de trenó!

Eles almoçam em um hotelzinho encantador, onde o fogo arde na lareira. Sentam um pouco afastados, contra uma vidraça através da qual um sol brilhante vem lamber as bochechas rosadas das crianças. Mila é tagarela e os adultos riem das graças da menininha. Adam, pela primeira vez, come com grande apetite.

Nessa noite, Myriam e Paul acompanham as crianças, esgotadas, até seu quarto. Mila e Adam estão calmos, com os membros cansados, a alma cheia de descobertas e de alegria. Os pais se demoram com eles. Paul está sentado no chão e Myriam na beira da cama da filha. Arruma com carinho as cobertas, acaricia seus cabelos. Pela primeira vez depois de muito tempo os pais cantam juntos uma canção de ninar que tinham aprendido quando Mila nasceu e que tinham o costume de cantar em duo quando ela era bebê. As pálpebras das crianças já fecharam, mas eles ainda cantam, pelo prazer de acompanhar seus sonhos. Para não deixá-los.

Paul não ousa dizer para a mulher, mas, nessa noite, ele se sente aliviado. Desde que tinha chegado, parecia que um peso tinha desaparecido de seu peito. Em um quase sono, transido de frio, pensa na volta a Paris. Imagina seu apartamento como um aquário invadido por algas apodrecidas, uma fossa onde o ar não circularia mais, onde animais sarnentos andariam em círculos, grunhindo.

Na volta, essas ideias negras são rapidamente esquecidas. Na sala, Louise colocou um buquê de dálias. O jantar está pronto, a roupa de cama cheira a limpeza. Depois de uma semana em camas geladas, comendo refeições desorganizadas na mesa da cozinha, eles reencontram o conforto familiar com felicidade. Impossível, eles pensam, ficar sem ela. Reagem como crianças mimadas, como gatos domésticos.

Algumas horas depois da partida de Paul e Myriam, Louise volta pelo mesmo caminho à rue d'Hauteville. Entra no apartamento dos Massé e reabre as venezianas que Myriam tinha fechado. Troca todos os lençóis, esvazia os armários e limpa as prateleiras. Sacode o velho tapete marroquino que Myriam se recusa a jogar fora e passa aspirador na casa.

Tarefas cumpridas, senta no sofá e cochila. Não sai a semana toda e passa os dias inteiros na sala com a televisão ligada. Nunca deita na cama de Paul e Myriam. Vive no sofá. Para não gastar nada, come o que encontra na geladeira e diminui um pouco as reservas da despensa, de que Myriam sem dúvida não tem nenhum controle.

Aos programas de culinária se sucedem as notícias, os jogos, os reality shows, um talk show que a faz rir. Adormece vendo um programa de reconstituição de crimes. Numa noite, ela seguiu o caso de um homem encontrado morto em casa, na saída de uma cidadezinha na montanha. As venezianas estavam fechadas fazia meses, sua caixa de correio transbordava e, entretanto, ninguém se perguntou o que tinha acontecido com o proprietário do imóvel. Só em decorrência de uma evacuação no bairro os bombeiros acabaram abrindo a porta e descobrindo o cadáver. O corpo estava quase mumificado por causa do frio do cômodo e do ambiente fechado. Várias vezes a voz em off insiste no fato de que a data da morte só pôde ser determinada graças aos iogurtes na geladeira, cuja data de validade havia expirado muitos meses antes.

Certa tarde, Louise se levanta sobressaltada. Dormiu aquele sono pesado do qual se sai triste, desorientado, o ventre cheio de lágrimas. Um sono tão profundo, tão negro, que nos vemos morrer, encharcados em um suor gelado, estranhamente esgotados. Ela se agita, se endireita, dá tapinhas no rosto. Está com tanta dor de cabeça que tem dificuldades para abrir os olhos. Quase dá para ouvir o barulho do seu coração, que martela. Procura seus sapatos. Se arrasta pelo assoalho, chora de raiva. Está atrasada. As crianças vão esperar por ela, a escola vai ligar, o jardim de infância vai avisar Myriam de sua ausência. Como ela pôde dormir assim? Como pôde ser tão imprudente? É preciso sair, correr, mas ela não encontra as chaves do apartamento. Procura por tudo, acaba encontrando em cima da lareira. Logo está na escada, e já a porta do prédio fecha atrás dela. Do lado de fora, tem a impressão de que todo mundo a olha e que ela desce a rua correndo, sem fôlego, como louca. Coloca a mão sobre o ventre, um ponto do lado dói terrivelmente, mas ela não diminui o passo.

Não há ninguém para ajudar a atravessar a rua. Normalmente, sempre há alguém, com colete fluorescente, uma plaquinha na mão. Seja aquele homem sem dentes que ela suspeita ter saído da prisão, seja aquela grande mulher negra que sabe o nome das crianças. Não há ninguém também na frente da escola. Louise está sozinha, como uma idiota. Um gosto azedo incomoda sua língua, tem vontade de vomitar. As crianças não estão lá. Ela anda agora com a cabeça baixa, em lágrimas. As crianças estão em férias. Ela está sozinha, e se esqueceu disso. Bate no próprio rosto, em pânico.

Wafa liga para ela várias vezes por dia, "por nada, pra conversar". Uma noite, ela sugere ir até a casa de Louise. Seus patrões também saíram de férias e pela primeira vez ela está livre para fazer o que quiser. Louise se pergunta o que Wafa pensa dela. Acha estranho que alguém queira tanto sua companhia. Mas seu pesadelo do dia anterior ainda a assombra, e ela aceita.

Ela se encontra com a amiga na frente do prédio dos Massé. No hall, Wafa fala alto da surpresa que esconde na grande bolsa de plástico trançado. Louise faz sinal para que ela se cale. Tem medo de que alguém as escute. Solene, sobe pelos andares e abre a porta do apartamento. A sala lhe parece mortalmente triste, e ela põe as mãos sobre os olhos. Tem vontade de voltar sobre seus próprios passos, empurrar Wafa na escada, voltar para a televisão que cospe seu tranquilizador patê de imagens. Mas Wafa pôs sua bolsa no balcão da cozinha e tira dali pacotinhos de temperos, um frango e uma de suas tigelas de vidro onde esconde doces de mel.

— Vou cozinhar pra você, o que acha?

Pela primeira vez na vida Louise senta no sofá e olha alguém cozinhar para ela. Mesmo quando criança, ela não se lembra de ter visto alguém fazer isso, só para ela, só para agradá-la. Pequena, ela comia o resto dos pratos dos outros. Serviam-lhe uma sopa morna de manhã, uma sopa esquentada dia após dia, até a última gota. Ela devia tomar tudo, apesar da gordura grudada nas bordas do prato, apesar do gosto de tomate azedo, de resto de osso.

Wafa serve uma vodca misturada com suco de maçã congelado.

— Adoro álcool quando é doce — ela diz, tocando seu copo no de Louise.

Wafa ficou de pé. Mexe nos bibelôs, olha as estantes da biblioteca. Uma fotografia chama sua atenção.

— É você aqui? Você está bonita nesse vestido alaranjado.

Na foto Louise sorri, com os cabelos soltos. Está sentada em uma mureta e segura uma criança em cada braço. Myriam insistiu em colocar esta foto na sala, em uma das prateleiras.

— Você faz parte da família — ela disse à babá.

Louise lembra bem o momento em que Paul tirou essa foto. Myriam tinha entrado em uma loja de cerâmica e estava com dificuldades para se decidir. Na rua estreita de comércio, Louise cuidava das crianças. Mila se pôs de pé em cima da mureta. Tentava pegar um gato cinzento. Foi nesse momento que Paul disse:

— Louise, crianças, olhem pra mim. A luz está muito bonita. — Mila se sentou ao lado de Louise, e Paul gritou: — Agora, sorriam!

— Nesse ano nós vamos voltar pra Grécia. Pra lá, pra Sifnos — ela diz, mostrando a foto com a sua unha pintada.

Eles ainda não falaram disso, mas Louise tem certeza de que eles irão para a ilha de novo, nadar nas águas transparentes e jantar no porto, à luz de velas. Myriam faz listas, ela explica a Wafa, que se sentou no chão aos pés da amiga. Listas que se espalham pela sala e até entre os lençóis da cama deles, e ela escreveu que eles logo vão voltar. Vão andar nos calanques. Vão catar caranguejos, ouriços e pepinos-do-mar, que

Louise verá se retraírem no fundo de um balde. Ela vai nadar, mais e mais longe, e nesse ano Adam vai com ela.

E, depois, vai chegar o fim da estada. Na véspera da partida eles sem dúvida irão àquele restaurante de que Myriam tinha gostado tanto e onde a dona tinha feito as crianças escolherem peixes ainda vivos do tanque. Lá vão beber um pouco de vinho e Louise vai anunciar a sua decisão de não voltar mais. "Não vou pegar o avião amanhã. Vou morar aqui." Eles vão ficar, evidentemente, surpresos. Não a levarão a sério. Vão começar a rir porque beberam muito ou porque estarão pouco à vontade. E então, frente à determinação da babá, ficarão inquietos. Tentarão convencê-la. "Mas veja, Louise, isso não faz nenhum sentido. Você não pode ficar aqui. Do que você vai viver?" E nesse momento será a vez de Louise rir.

"Claro, pensei nisso no inverno." A ilha, aliás, deve mudar de aparência. Essa rocha seca, essas plantações de orégano e cardo devem parecer hostis na luz de novembro. Deve ficar escuro, lá em cima, quando as primeiras chuvas chegam. Mas ela não desiste, ninguém a obrigará a fazer o caminho de volta. Mudará de ilha, talvez, mas não voltará para trás.

— Ou não direi nada. Vou desaparecer de repente, assim — ela diz, estalando os dedos.

Wafa ouve Louise falar de seu projeto. Imagina com facilidade aqueles horizontes azuis, as ruelas de pedra, os banhos matinais. Experimenta uma nostalgia terrível. A história de Louise desperta lembranças, o cheiro picante do Atlântico à noite, na cornija; o nascer do sol a que toda a família assistia durante o Ramadã. Mas Louise, bruscamente, começa a rir e interrompe o sonho em que Wafa se tinha perdido. Ri como uma menininha tímida que esconde os dentes atrás dos dedos e estende a mão a sua amiga, que vem se sentar perto dela, no sofá. Levantam seus copos e brindam. Se parecem então com duas moças, colegas de escola transformadas em cúmplices por uma brincadeira, por um segredo que tivessem compartilhado. Duas crianças, perdidas em um ambiente de adultos.

Wafa tem instintos de mãe ou de irmã. Pensa em lhe oferecer um copo d'água, em preparar um café, em fazê-la comer qualquer coisa. Louise estende as pernas e cruza os pés sobre a mesa. Wafa olha a sola suja no sapato de Louise, ao lado de seu copo, e acha que a amiga deve estar bêbada para se comportar assim. Sempre admirou o jeito de Louise, seus gestos contidos e educados, que poderiam fazê-la passar por uma verdadeira burguesa. Wafa coloca seus pés nus na beirada da mesa. E com um tom atrevido, pergunta:

— E se você encontrar alguém na sua ilha? Um belo grego que se apaixone por você?

— Ah não — responde Louise. — Se eu for pra lá, é pra nunca mais cuidar de ninguém. Dormir quando quiser, comer quando tiver vontade.

No começo, o plano era não fazer nada para o casamento de Wafa. Eles se contentariam em ir à prefeitura, assinar os documentos, e Wafa daria a cada mês o que ela devia a Youssef, até a obtenção dos documentos franceses. Mas o futuro marido acabou mudando de ideia. Convenceu sua mãe, que não pedia mais nada, de que era mais decente convidar alguns amigos.

— Apesar de tudo, é o meu casamento. E depois, a gente nunca sabe, talvez isso tranquilize o serviço de imigração.

Numa sexta-feira de manhã, eles se encontram na frente da prefeitura de Noisy-le-Sec. Louise, que é testemunha pela primeira vez, usa seu vestido de gola *claudine* azul-celeste e um par de brincos. Assina embaixo da folha que o tabelião lhe estende, e o casamento ganha um ar de quase verdadeiro. Os gritos de hurra, os "viva os noivos!", os aplausos parecem mesmo sinceros.

O pequeno grupo anda até o restaurante La Gazelle d'Agadir, que é de um amigo de Wafa e onde ela já trabalhou como garçonete. Louise olha para as pessoas, de pé, que gesticulam, que riem se dando grandes tapas nos ombros. Na frente do restaurante, os irmãos de Youssef estacionaram um quatro-portas preto em que amarraram dezenas de fitas de plástico dourado.

O dono do restaurante colocou música. Ele não se incomoda com os vizinhos, ao contrário, pensa que assim se fará notar, que as pessoas na rua verão pela janela as mesas arrumadas e vão querer a alegria dos convivas. Louise observa as mulheres e nota principalmente seus rostos largos, suas mãos grosseiras, os quadris largos que cinturas muito apertadas valorizam. Elas falam alto, riem, se chamam de um lado a outro da sala. Ficam em volta de Wafa, que foi colocada na mesa principal e que, Louise compreende, não pode sair de lá.

Colocaram Louise no fundo da sala, longe da janela que dá para a rua, ao lado de um homem que, nessa manhã, Wafa tinha apresentado a ela.

— Eu já tinha te falado do Hervé. Ele fez alguns trabalhos no meu apartamentinho. Ele não trabalha longe do nosso bairro.

Wafa escolheu sentá-la ao lado dele. É o tipo de homem que ela merece. O tipo que ninguém quer, mas de quem Louise cuida, como aceita as roupas velhas, as revistas já lidas em que faltam páginas e mesmo os *gaufres* começados pelas crianças.

Hervé não lhe agrada. Os olhares de encorajamento de Wafa a incomodam. Ela detesta essa sensação de ser espiada, pega em uma armadilha. E, além de tudo, o homem é tão banal. Tem tão pouco a oferecer. Para começar, ele é só um pouco maior que Louise. Pernas musculosas, mas curtas, e quadris estreitos. Quase nenhum pescoço. Quando fala, às vezes encolhe a cabeça entre os ombros como uma tartaruga tímida. Louise não para de olhar suas mãos sobre a mesa, mãos de trabalhador, mãos de pobre, de fumante. Notou que lhe faltam dentes. Ele não é ninguém. Cheira a vinho e pepino. A primeira coisa que ela pensa é que teria vergonha de apresentá-lo a Myriam e

Paul. Eles ficariam decepcionados. Tem certeza de que pensariam que esse homem não é bom o suficiente para ela.

Hervé, ao contrário, encara Louise com o apetite de um velhote por uma moça que tivesse mostrado um pouco de interesse. Ele a acha tão elegante, tão delicada. Repara no alinho de sua gola, na leveza de seus brincos. Observa suas mãos, que ela repousa sobre os joelhos e que contorce, suas mãozinhas brancas com unhas rosadas, suas mãos que parecem não ter sofrido, não ter trabalhado duro. Louise o faz pensar nessas bonecas de porcelana que ele viu, sentadas em prateleiras, nos apartamentos das velhas onde prestou alguns serviços ou fez alguns trabalhos. Como esses brinquedos, os traços de Louise são quase fixos, e ela tem às vezes atitudes rígidas absolutamente encantadoras. Uma maneira de olhar para o vazio que dá a Hervé vontade de trazê-la para perto.

Ele fala de seu trabalho. Motorista entregador, mas não o tempo todo. Também faz serviços, reparos e mudanças. Três dias por semana faz a segurança do estacionamento de um banco, no boulevard Haussmann.

— Isso me dá tempo pra ler — ele diz. — Romances policiais, mas não só.

Ela não sabe o que responder quando ele pergunta o que ela lê.

— Música, então? Você gosta de música?

Ele é louco por música e faz, com seus dedinhos violáceos, o gesto de pinçar as cordas de um violão. Fala de antes, de outros tempos, da época em que se ouvia música no rádio, em que os cantores eram seus ídolos. Tinha cabelos compridos, venerava Jimi Hendrix.

— Vou te mostrar uma foto — ele diz.

Louise se dá conta de que nunca ouviu música. Nunca teve vontade. Só conhece cantigas de roda, canções de rimas pobres que são transmitidas de mãe para filha. Uma noite, Myriam a surpreendeu cantarolando com as crianças. Disse que ela tinha uma voz bonita.

"É pena, você poderia ter cantado."

Louise não notou que a maior parte dos convidados não bebe álcool. No meio das mesas foram colocadas uma garrafa de refrigerante e uma grande garrafa de água. Hervé escondeu uma garrafa de vinho no chão, a sua direita, e ele serve Louise de novo assim que o copo dela esvazia. Ela bebe pouco. Acabou se acostumando com a música ensurdecedora, com os gritos das pessoas, com os discursos incompreensíveis dos jovens que colam seus lábios no microfone. Até sorri observando Wafa e esquece que tudo isso não passa de uma pantomima, um jogo de enganos, uma farsa.

Ela bebe, e o desconforto de viver, a timidez de respirar, todo esse sofrimento derrete nos copos que beberica com a ponta dos lábios. A banalidade do restaurante, a de Hervé, tudo fica com um novo aspecto. Hervé tem uma voz doce e sabe se calar. Ele a olha e sorri, abaixando os olhos para a mesa. Quando ele não tem nada a dizer, não diz nada. Seus olhinhos sem cílios, seus poucos cabelos, sua pele violácea e suas maneiras não causam mais tanta repulsa em Louise.

Aceita que Hervé a acompanhe e vão juntos até a estação do metrô. Ela se despede e desce os degraus sem olhar para trás. No caminho de volta, Hervé pensa nela. Ela volta à sua mente como o trecho de uma canção em inglês que gruda na cabeça, justo a ele, que não entende nada da língua e que, apesar dos anos, continua a estropiar seus refrãos preferidos.

Como toda manhã, às sete e meia Louise abre a porta do apartamento. Paul e Myriam estão de pé na sala. Parecem tê-la esperado. O rosto de Myriam é o de um animal faminto que ficou andando em círculos em sua jaula a noite toda. Paul liga a televisão e pela primeira vez autoriza as crianças a assistirem desenhos animados antes de irem para a escola.

— Vocês ficam aqui. Fiquem quietos — ele ordena às crianças, que olham, hipnotizadas, com a boca aberta, um bando de coelhos histéricos.

Os adultos se fecham na cozinha. Paul pede a Louise que se sente.

— Faço um café pra vocês? — propõe a babá.

— Não, não precisa, obrigado — Paul responde secamente.

Atrás dele, Myriam está com os olhos baixos. Colocou a mão nos lábios.

— Louise, nós recebemos uma carta que nos deixou incomodados. Preciso dizer que estamos muito contrariados pelo que ficamos sabendo. Há coisas que não podemos tolerar.

Ele falou sem retomar o fôlego, com os olhos grudados no envelope que segurava nas mãos.

Louise segura a respiração. Nem sente mais sua língua e precisa morder o lábio para não chorar. Queria fazer como as crianças, tapar as orelhas, gritar, se jogar no chão, tudo, contanto que eles não tenham essa conversa. Tenta identificar a carta que Paul está segurando, mas não vê nada, nem o endereço nem o conteúdo.

Ela logo se convence de que a carta vem da sra. Grinberg. A velha harpia sem dúvida a espiou durante a ausência de Paul e Myriam e agora faz uma denúncia anônima. Escreveu uma carta de denúncia, cospe suas calúnias para se distrair de sua solidão. Contou, claro, que Louise passou as folgas aqui. Que recebeu Wafa. Vai ver nem assinou essa carta, para criar mais mistério e maldade. E mais, ela sem dúvida inventou coisas, pôs no papel seus fantasmas de velhinha, seus delírios senis e lúbricos. Louise não vai suportar isso. Não, ela não vai suportar o olhar de Myriam, o olhar de desgosto de sua patroa, que vai pensar que ela dormiu na cama deles, que ela riu deles.

Louise se endireita. Seus dedos estão crispados pelo ódio e ela esconde as mãos sob os joelhos para disfarçar o tremor. Seu rosto e seu pescoço estão lívidos. Passa as mãos nos cabelos em um gesto de raiva. Paul, que esperava uma reação, continua:

— Esta carta é do Tesouro Público, Louise. Eles nos pedem pra tirar do seu salário a soma que você deve, aparentemente há meses. Você nunca respondeu a nenhuma correspondência pra fazer a negociação!

Paul poderia jurar ter visto alívio no olhar da babá.

— Eu entendo que esse procedimento é muito humilhante pra você, mas não é agradável pra gente também, eu te garanto.

Paul estende a carta para Louise, que continua imóvel.

125

— Olhe.

Louise pega o envelope e tira uma folha com as mãos úmidas, tremendo. Sua visão está embaçada, faz de conta que lê, mas não entende nada daquilo.

— Se eles chegaram a esse ponto foi como um último recurso, você entende? Você não pode ser tão negligente — Myriam explica.

— Eu sinto muito — ela diz. — Sinto muito, Myriam. Vou resolver isso, eu prometo.

— Eu posso ajudar, se você precisar. Você precisa me trazer todos os documentos pra que a gente encontre uma solução.

Louise esfrega o rosto, com a palma aberta, o olhar perdido. Sabe que precisa dizer alguma coisa. Adoraria abraçar Myriam, apertá-la, pedir ajuda. Gostaria de dizer que ela é sozinha, tão sozinha, e que tantas coisas aconteceram, tantas coisas que ela só pôde contar a si mesma, ela queria dizer. Ela está confusa, trêmula. Não sabe como se comportar.

Louise faz uma cara boa. Alega um mal-entendido. Conta uma história de mudança de endereço. Joga a culpa em Jacques, seu marido, que era tão pouco precavido e tão cheio de segredos. Nega, contra a realidade, contra toda evidência. Seu discurso é tão confuso e patético que Paul revira os olhos para o alto.

— Tá bom, tá bom. São problemas seus, então dê um jeito neles. Não quero nunca mais receber esse tipo de carta.

As cartas foram da casa de Jacques até seu apartamentinho para acabar aqui, no seu domínio, nessa casa que só fica de pé graças a ela. Enviaram as faturas não pagas pelo tratamento de Jacques, o IPTU corrigido e outras dívidas não quitadas que Louise não sabe a que dizem respeito. Pensou ingenuamente que eles acabariam desistindo, diante de seu silêncio. Que deveria se fazer de morta, ela que de qualquer modo não representa nada, não tem nada. O que é que isso adianta para eles? Eles precisam persegui-la?

Ela sabe onde estão as cartas. Um monte de envelopes que ela não jogou fora, que foram deixados em cima do relógio de luz. Ela queria pôr fogo naquilo. De qualquer modo, ela não entende nada dessas frases intermináveis, dessas tabelas que ilustram as páginas, dessas colunas de números cujo montante não para de aumentar. Como quando ela ajudava Stéphanie a fazer suas tarefas. Ela fazia ditados. Tentava ajudá-la a resolver problemas de matemática. Sua filha caçoava dela, rindo:

— Que é que você entende disso, de qualquer forma? Você não sabe nada.

Nessa noite, depois de vestir o pijama nas crianças, Louise fica mais tempo no quarto delas. Myriam a espera na entrada, firme.

— Você pode ir agora. A gente se vê amanhã.

Louise queria tanto ficar. Dormir lá, no pé da cama de Mila. Não faria barulho, não incomodaria ninguém. Louise não quer voltar para seu apartamento. A cada noite ela volta um pouco mais tarde e anda pela rua, com os olhos baixos, o cachecol erguido até o queixo. Tem medo de encontrar o proprietário, um velho de cabelos ruivos e olhos injetados de sangue. Um unha de fome que só confiou nela "porque alugar para uma branca nesse bairro é quase inesperado". Ele deve se arrepender, agora.

No trem ela aperta os dentes para não chorar. Uma chuva glacial, insidiosa, impregna seu casaco, seus cabelos. Gotas pesadas caem das marquises, escorregam pelo pescoço, fazem-na tremer. Chegando à esquina de sua rua, que está, no entanto, deserta, ela sente que a observam. Ela se vira, mas não há ninguém. Depois, na penumbra, entre dois carros, ela vê um homem agachado. Vê suas coxas nuas, suas mãos enormes sobre os joelhos. Uma mão segura um jornal. Ele a olha. Não parece nem hostil, nem incomodado. Ela recua, tomada por uma náusea forte. Tem vontade de gritar, de chamar alguém para ver aquilo. Um homem caga na rua, debaixo do seu nariz. Um homem que aparentemente nem tem mais vergonha e deve ter o hábito de fazer suas necessidades sem pudor nem dignidade.

Louise corre até a porta de seu prédio e sobe as escadas tremendo. Arruma tudo. Troca os lençóis. Queria tomar banho, ficar muito tempo debaixo de um jato de água quente para se esquentar, mas há alguns dias o piso do box afundou e está inutilizável. Debaixo do piso, a madeira apodrecida cedeu e o box quase desmontou inteiro. Desde então ela se lava na pia da cozinha, com uma luva atoalhada. Ela lavou o cabelo há três dias, sentada na cadeira de fórmica.

Deitada na cama, não consegue dormir. Não para de pensar nesse homem no escuro. Não consegue deixar de pensar que, logo, será ela. Que ela vai parar na rua. Que será obrigada a deixar até esse apartamento imundo, que vai cagar na rua, como um animal.

Na manhã seguinte, Louise não consegue se levantar. Teve febre a noite toda, a ponto de bater os dentes. Sua garganta está inchada, cheia de aftas. Mesmo a saliva parece impossível de engolir. Mal dá sete e meia, o telefone começa a tocar. Ela não responde. Vê, no entanto, o nome de Myriam aparecer na tela. Abre os olhos, estica o braço para o celular e o desliga. Afunda o rosto no travesseiro.

O telefone toca de novo. Desta vez, Myriam deixa uma mensagem. "Bom dia, Louise, espero que você esteja bem. Já são quase oito. Mila está doente desde ontem à noite, teve febre. Tenho um caso importante, eu tinha te contado que faria uma defesa hoje. Espero que esteja tudo bem, que não tenha acontecido nada. Me ligue assim que você receber esta mensagem. Estamos esperando você." Louise joga o celular a seus pés. Rola sob o cobertor. Tenta esquecer que tem sede e muita vontade de urinar. Ela não quer sair daqui.

Empurrou a cama até a parede para aproveitar o pouco calor do radiador. Deitada assim, seu nariz está quase colado na janela. Os olhos virados para as árvores descarnadas da rua, não encontra mais saída para nada. Tem a estranha certeza de que é inútil lutar. De que só pode se deixar levar, invadir, derrotar, permanecer passiva diante das circunstâncias. Na véspera ela juntou os envelopes. Abriu e rasgou, um a um. Jogou os pedaços na pia da cozinha e abriu a torneira. Molhados, os pedaços de papel grudaram e formaram uma pasta imunda que ela ficou olhando se desmanchar sob o filete de água quente. O telefone toca, de novo e de novo. Louise enfiou o celular debaixo de uma almofada, mas o toque estridente a impede de dormir.

No apartamento, Myriam pisa forte, enfurecida, sua beca de advogado sobre a poltrona de listras.

— Ela não vai voltar — diz a Paul. — Não seria a primeira vez que uma babá desaparece da noite para o dia. Ouvi um monte de histórias como essa.

Tenta ligar, mas diante do silêncio de Louise ela se sente desarmada. Implica com Paul. Ela o acusa de ter sido muito duro, de ter tratado Louise como uma simples empregada.

— Nós a humilhamos — conclui.

Paul tenta acalmar a mulher. Louise talvez tenha tido um problema, alguma coisa aconteceu. Ela jamais os deixaria assim, sem explicações. Ela é tão apegada às crianças, não iria embora sem se despedir.

— Em vez de imaginar cenários delirantes, você deveria procurar o endereço dela. Olhe no contrato. Se ela não responder em uma hora, eu vou até a casa dela.

Myriam está agachada, mexendo nas gavetas, quando o telefone toca. Com uma voz que mal se ouve, Louise pede desculpas. Ela está tão doente que não conseguiu sair da cama. Adormeceu de novo e não ouviu o telefone. Repete pelo menos umas dez vezes: "Sinto muito". Myriam é pega de surpresa com essa explicação tão simples. Fica um pouco envergonhada por não ter pensado nisso, um problema de saúde banal. Como se Louise fosse infalível, como se seu corpo não conhecesse o cansaço ou a doença.

— Eu entendo — Myriam responde. — Descanse, nós vamos dar um jeito.

Paul e Myriam telefonam para os amigos, os colegas, a família. Alguém dá o número de uma estudante "que pode quebrar um galho" e que, por sorte, aceita ir imediatamente. A jovem, uma loura bonita de vinte anos, não inspira confiança em Myriam. Entrando no apartamento, ela tira lentamente suas botas de salto. Myriam repara que ela tem uma tatuagem horrível no pescoço. Às recomendações de Myriam, ela responde "sim", sem parecer ter entendido nada, como que para se livrar dessa patroa nervosa e insistente. Com Mila, que dorme no sofá, ela encena cumplicidade. Imita a preocupação maternal, ela que nem deixou de ser uma criança.

Mas é à noite, quando volta para casa, que Myriam fica mais arrasada. O apartamento está uma imundície. Brinquedos por todos os cantos da sala. A louça suja deixada na pia. Purê de cenoura grudado na mesa de centro. A jovem se levanta, aliviada como um prisioneiro liberado do aperto de sua cela. Embolsa o dinheiro e corre para a porta, com o celular na mão. Mais tarde, Myriam descobre na sacada uma dúzia de bitucas de cigarro e, sobre a cômoda azul, no quarto das crianças, um sorvete de chocolate que derreteu, estragando a pintura do móvel.

Louise tem pesadelos por três dias. Não consegue se entregar ao sono, permanece em uma letargia perversa em que suas ideias se embaralham, onde seu mal-estar se amplifica. À noite ela é assombrada por um uivo interior que dilacera suas entranhas. Com a camisola colada no corpo, os dentes rangendo, ela se afunda no colchão do sofá-cama. Tem a impressão de que seu rosto está sendo mantido sob o salto de uma bota, que sua boca está cheia de terra. Seus quadris se agitam como a cauda de um girino. Está completamente esgotada. Levanta para beber água e ir ao banheiro e volta para sua toca.

Ela emerge do sono como quem sai das profundezas, como quem nadou para muito longe e sente falta de oxigênio, quando a água não é mais que um magma negro e viscoso e reza para ter ainda ar suficiente, força suficiente para alcançar a superfície e inspirar vorazmente.

No seu caderninho de capa florida, anotou o termo que um médico do hospital Henri-Mondor usou. "Melancolia delirante." Louise tinha achado isso bonito e, em sua tristeza, tinha subitamente introduzido em si um toque de poesia, uma fuga. Ela anotou a expressão, com sua letra estranha feita de maiúsculas torcidas e deitadas. Nas folhas desse caderninho, as palavras se parecem com esses predinhos de madeira que Adam constrói pelo único prazer de vê-los desmoronar.

Pela primeira vez, pensa na velhice. No corpo que começa a sair dos trilhos, nos gestos que fazem doer até dentro dos ossos. Nos gastos médicos que aumentam. E depois a angústia de uma velhice mórbida, deitada, doente, no apartamento com os vidros sujos. Isso virou uma obsessão. Ela odeia esse lugar. Está obcecada pelo cheiro de podridão que vem do box do banheiro. Ela o sente até na boca. Todas as juntas, todos os interstícios se encheram de um musgo esverdeado, e por mais que ela o esfregue com raiva, ele renasce durante a noite, mais denso que nunca.

Um ódio cresce dentro dela. Um ódio que contraria sua tendência servil e seu otimismo de criança. Um ódio que embaralha tudo. Está absorvida em um sonho triste e confuso. Assombrada pela impressão de ter visto demais, entendido demais a intimidade dos outros, uma intimidade a que ela nunca teve direito. Nunca teve um quarto para si.

Depois de duas noites de angústia, ela se sente pronta para voltar ao trabalho. Emagreceu, e seu rosto de menina, pálido e encovado, ficou mais alongado por causa da enfermidade. Ela se penteia, se maquia. Se acalma com os toques da sombra lilás nas pálpebras.

Às sete e meia abre a porta do apartamento da rue d'Hauteville. Mila, com seu pijama azul, corre para a babá. Pula nos seus braços. Diz:

— Louise, é você! Você voltou!

Nos braços da mãe, Adam se debate. Ouviu a voz de Louise, reconheceu seu cheiro de talco, o barulho ligeiro de seus passos no assoalho. Empurra com as mãozinhas o corpo da mãe que, sorridente, oferece seu filho à ternura de Louise.

Na geladeira de Myriam há potes. Potinhos pequenos, colocados uns sobre os outros. Há tigelas, cobertas com papel alumínio. Nas prateleiras de plástico, há pequenos pedaços de limão, um pedaço de pepino envelhecido, um quarto de cebola cujo cheiro invade a cozinha sempre que se abre a geladeira. Um pedaço de queijo, só casca. Nos potes, Myriam encontra algumas pequenas ervilhas que perderam seu formato redondo e seu verde brilhante. Três macarrões. Uma colherada de cozido. Um desfiado de peru que não alimentaria um pardal, mas que Louise de qualquer forma tomou o cuidado de guardar.

Para Paul e Myriam, isso é motivo de piada. Essa maluquice de Louise, essa fobia de jogar comida fora fez com que eles rissem, no começo. A babá raspa os vidros de geleia, faz as crianças lamberem os potes de iogurte. Seus patrões acham isso ridículo e tocante.

Paul caçoa de Myriam quando, no meio da noite, ela desce para jogar fora o lixo que contém restos de comida ou um brinquedo de Mila que eles não têm coragem de consertar.

— Você tem medo de ouvir um sermão da Louise, assuma!

— E ele a persegue até a escada, rindo.

Eles se divertem vendo Louise estudar com grande concentração os folhetos colocados na caixa de correio pelos comerciantes do bairro e que eles têm, maquinalmente, o hábito de jogar fora. A babá coleciona bônus de desconto que ela apresenta com orgulho a Myriam, que tem vergonha de achar isso idiota. Além do mais, Myriam toma Louise como exemplo frente a seu marido e seus filhos.

— Louise tem razão. Desperdiçar é feio. Existem crianças que não têm nada pra comer.

Mas depois de alguns meses essa mania vira motivo de tensão. Myriam reprova as obsessões de Louise. Queixa-se da rigidez da babá, de sua paranoia.

— Ela que mexa no lixo, eu definitivamente não tenho que lhe dar satisfação — afirma a um Paul convencido de que é preciso que eles se emancipem do poder de Louise.

Myriam se mostra firme. Proíbe Louise de dar produtos vencidos às crianças.

— Sim, mesmo vencidos há um dia. É isso, sem discussão.

Uma noite, quando Louise mal tinha se recuperado de sua doença, Myriam volta tarde. O apartamento está mergulhado na escuridão e Louise espera atrás da porta, o casaco nas costas e a bolsa na mão. Só diz boa-noite e corre para o elevador. Myriam está muito cansada para pensar no assunto ou para se importar.

"Louise está contrariada. E daí?"

Ela poderia se jogar no sofá e dormir, vestida, com os sapatos nos pés. Mas vai para a cozinha, para pegar uma taça de vinho. Tem vontade de sentar um instante na sala, de beber uma taça de vinho branco bem frio, de se esticar para fumar um cigarro. Se não tivesse medo de acordar as crianças, até tomaria um banho.

Entra na cozinha e acende a luz. Está com um ar mais limpo que de costume. Paira ali um forte cheiro de sabão. A porta da geladeira foi limpa. Não há nada sobre o balcão. O exaustor não tem nenhum traço de gordura, os puxadores dos armários foram lavados com esponja. E a janela, à sua frente, brilha de tão limpa.

Myriam vai abrir a geladeira quando a vê. Lá, no centro da mesinha onde comem as crianças e sua babá. Uma carcaça de frango está posta sobre uma travessa. Uma carcaça reluzente, na qual não sobrou nem um pequeno vestígio, nem o menor traço de carne. Dava para dizer que um abutre a tinha roído, ou um inseto teimoso, minucioso. Um bicho mau, em todo caso.

Ela olha fixamente o esqueleto marrom, sua espinha redonda, seus ossos pontudos, a coluna vertebral lisa e limpa. As coxas foram arrancadas, mas as asas, torcidas, ainda estão lá, com as articulações distendidas, quase se rompendo. A cartilagem reluzente, amarelada, parece pus seco. Pelos buracos, por entre os ossinhos, Myriam vê o interior do tórax, negro e exangue. Não há mais carne, não há mais órgãos, nada putrescível no esqueleto, e, no entanto, para Myriam aquilo parece uma carniça, um cadáver imundo que continua a apodrecer diante de seus olhos, ali, na sua cozinha.

Ela tem certeza de que jogou o frango fora de manhã. A carne não estava mais consumível; tinha evitado, assim, que suas crianças ficassem doentes. Lembra muito bem que sacudiu a travessa sobre o saco de lixo e que o bicho caiu, envolto em uma gordura gelatinosa. Caiu com um baque surdo no fundo da lixeira e Myriam disse "eca". Aquele cheiro, de manhã cedo, a deixou nauseada.

Myriam se aproxima do bicho e não ousa tocá-lo. Não pode ser um engano, um esquecimento de Louise. Menos ainda uma piada. Não, a carcaça cheira a detergente de amêndoa. Louise a lavou com muita água, limpou e colocou ali como uma vingança, como um totem maléfico.

Mais tarde, Mila contou tudo para a mãe. Ria, dava pulinhos enquanto explicava como Louise os ensinou a comer com as mãos. De pé em suas cadeiras, Adam e ela rasparam os ossos. A carne estava seca, e Louise os autorizou a beber copos imensos de Fanta, para fazer a comida descer. Ela tomou muito cuidado para não estragar o esqueleto e não tirava os olhos do bicho. Disse que era um jogo e que ela lhes daria uma recompensa se eles seguissem direitinho as regras. E no fim, excepcionalmente, ganharam duas balas azedinhas.

Hector Rouvier

Dez anos se passaram, mas Hector Rouvier se lembra perfeitamente das mãos de Louise. Era o que ele tocava com mais frequência, suas mãos. Tinham um cheiro de pétalas esmagadas e suas unhas estavam sempre pintadas. Hector as segurava, as mantinha junto ao corpo, ele as sentia em sua nuca quando assistia a um filme na televisão. As mãos de Louise mergulhavam na água quente e esfregavam o corpo magro de Hector. Faziam espuma com o xampu em seu cabelo, escorregavam para suas axilas, lavavam seu sexo, seu ventre, suas nádegas.

   Deitado em sua cama com o rosto afundado no travesseiro, ele erguia o pijama para mostrar que esperava os carinhos de Louise. Com a ponta das unhas, as mãos percorriam as costas da criança, cuja pele reagia, estremecia, e ele adormecia, calmo e com um pouco de embaraço, adivinhando vagamente a estranha excitação em que os dedos de Louise o tinham colocado.

   No caminho para a escola, Hector apertava bem forte a mão de sua babá. Quanto mais ele crescia, mais suas palmas se alargavam e mais ele temia esmagar os ossos de Louise, seus ossos de biscuit e porcelana. As falanges da babá estalavam na palma da mão da criança e, às vezes, Hector pensava que era ele quem dava a mão para Louise atravessar a rua.

Louise nunca tinha sido dura, nunca mesmo. Ele não se lembra de tê-la visto ficar brava. Ela nunca bateu nele, ele tem certeza. Guardou dela imagens nebulosas, sem forma, apesar dos anos passados a seu lado. O rosto de Louise parece distante, não sabe se a reconheceria hoje, se por acaso cruzasse com ela na rua. Mas o toque de sua bochecha, mole e doce; o cheiro de seu pó de arroz, que ela aplicava de manhã e à tarde; a sensação de suas meias bege contra seu rosto de criança; a maneira estranha que ela tinha de lhe dar um beijo, primeiro com os dentes, mordiscando-o, como se para mostrar a selvageria súbita de seu amor, seu desejo de possuí-lo inteiro. Disso tudo, ele lembra.

Ele tampouco esqueceu seus talentos para doces. Os bolinhos que ele levava para a escola e o modo como ela se alegrava com a gulodice do menininho. O gosto de seu molho de tomate, seu jeito de apimentar os bifes que ela grelhava pouco, seu creme de champignons, são lembranças que voltam com frequência para ele. Uma mitologia ligada à infância, ao mundo anterior às refeições congeladas feitas na frente da tela do computador.

Ele também se lembra, ou pelo menos acha que se lembra, de que ela tinha uma paciência infinita com ele. Com seus pais, o ritual de ir dormir muitas vezes acabava mal. Anne Rouvier, sua mãe, perdia a paciência quando Hector chorava, suplicava para deixar a porta aberta, pedia mais uma história, um copo d'água, jurava que tinha visto um monstro, que ainda estava com fome.

— Eu também tenho medo de ir dormir — Louise tinha confessado.

Ela tinha paciência com pesadelos e era capaz de acariciar suas têmporas durante horas e acompanhar, com seus dedos longos que cheiravam a rosa, seu caminho para o sono. Ela tinha convencido sua patroa a deixar uma lâmpada acesa no quarto da criança.

— Não precisamos provocar esse tipo de medo.

Sim, sua partida foi dilacerante. Ela fez uma falta atroz, ele detestou a jovem que a substituiu, uma estudante que ia pegá-lo na escola, que falava em inglês com ele e que, como dizia sua mãe, "o estimulava intelectualmente". Ficou bravo com Louise por ela ter desertado, por não ter mantido as promessas inflamadas que tinha feito, por ter traído as juras de ternura eterna, depois de ter garantido que ele era o único e que ninguém poderia substituí-lo. Um dia ela foi embora, e Hector não ousou fazer perguntas. Não soube chorar por essa mulher que o tinha deixado porque, apesar de seus oito anos, tinha a intuição de que esse amor era risível, que ririam dele e que os que se comovessem estariam fingindo.

Hector baixa a cabeça. Ele se cala. Sua mãe está sentada na cadeira ao lado e põe a mão em seu ombro. Ela diz:

— Está tudo bem, meu querido.

Mas Anne está agitada. Diante dos policiais, ela tem uma expressão de culpada. Procura alguma coisa para confessar, uma falta que tivesse cometido há muito tempo e que eles quisessem fazê-la pagar. Ela sempre foi assim, inocente e paranoica. Nunca passou em um controle de alfândega sem transpirar. Um dia, sóbria e grávida, ela soprou em um bafômetro já persuadida de que seria presa.

A capitã, uma mulher bonita de fartos cabelos presos em um rabo de cavalo, se senta sobre sua escrivaninha, na frente deles. Ela pergunta a Anne como ela entrou em contato com Louise e as razões que a levaram a contratá-la como babá de seus filhos. Anne responde calmamente. Ela só quer uma coisa: deixar a policial satisfeita, dar alguma pista e, sobretudo, saber do que Louise está sendo acusada.

Louise lhe foi indicada por uma amiga. Ela tinha falado muito bem dela. Além disso, ela própria sempre ficou muito satisfeita com a babá.

— Hector, você mesma percebeu, era muito apegado a ela.

A capitã sorriu para o adolescente. Ela se volta para trás de sua escrivaninha, abre um dossiê e pergunta:

— A senhora se lembra do telefonema da sra. Massé? Há pouco mais de um ano, em janeiro?

— Sra. Massé?

— Sim, tente se lembrar. Louise tinha dado seu nome como referência, e Myriam Massé queria saber o que a senhora pensava dela.

— É verdade, eu lembro disso. Eu disse que Louise era uma babá excepcional.

Eles estão sentados há mais de duas horas nessa sala fria sem nenhuma distração. O escritório está bem arrumado. Nenhuma fotografia espalhada. Não há cartazes pendurados na parede, nenhum aviso de pessoas desaparecidas. A capitã para às vezes no meio de uma frase e sai do escritório desculpando-se. Anne e seu filho a veem através de um vidro atendendo o celular, cochichando na orelha de um colega ou bebendo um café. Eles não têm vontade de falar um com o outro, nem para se distrair. Sentados lado a lado, evitam-se, fazem de conta que estão sozinhos. Contentam-se em respirar com força, em se levantar para andar em torno das cadeiras. Hector consulta o celular. Anne mantém sua bolsa preta de couro entre os braços. Estão entediados, mas são educados e medrosos demais para mostrar à policial o menor sinal de aborrecimento. Esgotados, submissos, esperam ser liberados.

A capitã imprime documentos, que entrega a eles.

— Assinem aqui e aqui também, por favor.

Anne se inclina sobre a folha e, sem levantar os olhos, pergunta com uma voz tensa:

— O que Louise fez? O que aconteceu?

— Ela é acusada de ter matado duas crianças.

A capitã tem olheiras. Bolsas violetas e inchadas deixam seu olhar pesado e, estranhamente, ela fica ainda mais bonita assim.

Hector sai para a rua, no calor do mês de junho. As moças são bonitas e ele tem vontade de crescer, de ser livre, de ser um homem. Seus dezoito anos lhe pesam, ele queria deixá-los para trás, como deixou sua mãe, na porta da delegacia, aparvalhada, transida de frio. Ele se dá conta de que, de início, não é surpresa ou estupefação o que ele sentiu há pouco, frente à policial, mas um imenso e doloroso alívio. Júbilo, até. Como se ele tivesse sempre sabido que uma ameaça pairava sobre ele, uma ameaça branca, sulfurosa, indizível. Uma ameaça que só ele, com seus olhos e seu coração de criança, era capaz de perceber. O destino quis que a infelicidade caísse em outro lugar.

A capitã pareceu entender. Pouco antes ela havia perscrutado seu rosto impassível e sorrido para ele. Como se sorri aos sobreviventes.

Myriam passa a noite pensando nessa carcaça na mesa da cozinha. Assim que fecha os olhos, imagina o esqueleto do animal, ali, a seu lado, na sua cama.

Bebeu sua taça de vinho de um só gole, a mão sobre a mesinha, vigiando a carcaça de canto de olho. Tinha nojo de tocá-la, de sentir o contato. Tinha a sensação bizarra de que alguma coisa poderia então acontecer, que o animal poderia ganhar vida e pular no seu rosto, se agarrar a seus cabelos, empurrá-la contra a parede. Fumou um cigarro na janela da sala e voltou para a cozinha. Vestiu luvas de borracha e jogou o esqueleto no lixo. Jogou também a travessa e o pano de prato que estava ao lado. Desceu a toda velocidade, levando os sacos pretos, e bateu a porta.

Foi para a cama. Seu coração batia tão forte que ela mal conseguia respirar. Tentou dormir e depois, não conseguindo, ligou para Paul e, em lágrimas, contou a história do frango. Ele acha que ela está fazendo drama. Ri do roteiro ruim de filme de terror.

— Você não vai ficar nesse estado por causa de uma história de frango, vai?

Ele tenta fazê-la rir, fazê-la duvidar da gravidade da situação. Myriam desliga na cara dele. Ele liga de novo, mas ela não atende.

Sua insônia é povoada por pensamentos de acusação e culpa. Ela começa a insultar Louise. Diz a si mesma que ela é louca. Perigosa, talvez. Que ela nutre contra seus patrões um ódio sórdido, uma vontade de vingança. Myriam se repreende por não ter medido a violência de que Louise era capaz. Ela já tinha percebido que a babá podia se irritar por causa desse tipo de coisa. Uma vez Mila perdeu um colete na escola e Louise fez disso uma obsessão. Todo dia ela falava a Myriam desse colete azul. Tinha jurado encontrá-lo, tinha incomodado a professora, a guardinha e as moças da cantina. Uma manhã de segunda-feira, ela viu Myriam vestindo Mila. A criança usava um colete azul.

— Você o encontrou? — a babá perguntou, com o olhar exaltado.

— Não, mas comprei um igual.

Louise ficou furiosa, incontrolável.

— Valeu mesmo a pena meu esforço para encontrar isso. Como funciona? A gente se deixa furtar, não toma cuidado com as coisas, mas não faz mal, mamãe vai comprar um colete pra Mila?

E depois Myriam volta as acusações contra si própria. *Sou eu, ela pensa, que fico fora tempo demais. Essa era sua maneira de me dizer que sou perdulária, leviana, insolente. Louise deve ter visto como uma afronta o fato de eu jogar esse frango no lixo. No lugar de ajudá-la, eu a humilhei.*

Levanta, com o nascer do dia, com a impressão de mal ter dormido. Assim que sai da cama, vê que a cozinha está com a luz acesa. Sai de seu quarto e vê Louise, sentada na frente da janelinha que dá para o pátio interno do prédio. A babá segura com as duas mãos a xícara de chá que Myriam lhe deu no seu aniversário. Seu rosto flutua em uma nuvem de vapor. Louise parece uma velhinha, um fantasma tremendo na manhã pálida. Seus cabelos, sua pele se esvaziaram de toda cor. Myriam tem a impressão de que Louise está sempre vestida do mesmo jeito nesses últimos tempos: essa camisa azul, essa gola *claudine* deixam-na imediatamente transtornada. Queria tanto não ter que falar com ela. Queria fazer com que ela desaparecesse da sua vida, sem esforço, com um simples gesto, uma piscada de olhos. Mas Louise está lá; ela lhe sorri.

Com sua voz fininha, ela pergunta:

— Faço um café? Você parece cansada.

Myriam estende a mão e pega a xícara quente.

Pensa no longo dia que a espera, na defesa que vai fazer de um homem na corte. Na sua cozinha, diante de Louise, ela mede a ironia da situação. Todo mundo admira sua combatividade, Pascal louva sua coragem para afrontar os adversários, e ela aqui com um nó na garganta diante dessa mulherzinha loura.

Há adolescentes que sonham com cenários de cinema, campos de futebol, casas de show lotadas. Myriam sempre sonhou com o Tribunal de Justiça. Já estudante, ela tentava assistir a tantos julgamentos quanto conseguisse. Sua mãe não entendia que alguém pudesse se apaixonar assim por histórias sórdidas de estupros, pela exposição precisa, lúgubre, sem sentimento, de incestos ou assassinatos. Myriam se preparava para o exame da Ordem quando começou o julgamento de Michel Fourniret, o *serial killer* cujo caso ela seguiu atentamente. Tinha alugado um quarto no centro de Charleville-Mézières e todo dia se juntava ao grupo de mulheres que iam ao tribunal para observar o monstro. Haviam instalado no exterior do Palácio de Justiça uma imensa cobertura, onde o público, bastante numeroso, podia assistir ao vivo às audiências, graças a telas imensas. Ela ficava um pouco afastada. Não falava com ninguém. Ficava pouco à vontade quando aquelas mulheres de rosto vermelho, cabelos curtos, unhas curtas, recebiam a camionete em que vinha o acusado com insultos e cusparadas. Ela, tão cheia de princípios, às vezes tão rígida, ficava fascinada pelo espetáculo de ódio explícito, por esses pedidos de vingança.

    Myriam pega o metrô e chega adiantada no Palácio de Justiça. Fuma um cigarro e segura com a ponta dos dedos o cordão vermelho que amarra seu enorme dossiê. Há mais de um mês Myriam vê Pascal preparar esse processo. O réu, um homem de vinte e quatro anos, é acusado de ter realizado com três cúmplices um ataque contra dois srilanqueses. Sob o efeito de álcool e cocaína, eles espancaram os dois cozinheiros, imigrantes ilegais e sem ficha policial. Bateram sem parar, bateram até a morte de um dos homens, bateram até se darem conta de que tinham se enganado de alvo, que tinham tomado um negro por outro. Não souberam explicar por quê. Não puderam negar, denunciados por uma câmera de segurança.

    Na primeira consulta, o homem contou sua vida aos advogados, um história enfeitada de mentiras, de exageros evidentes. Às portas de uma prisão perpétua, ele ainda achava um jeito de fazer charme para Myriam. Ela fez de tudo para manter uma "boa distância". É a expressão que Pascal sempre utiliza e, segundo ele, aquilo sobre o que repousa o sucesso de um caso. Ela procurou separar o verdadeiro do falso, metodicamente, apoiada em provas. Explicou com sua voz de professora, escolhendo palavras simples, mas severas, que a mentira era uma técnica de defesa ruim e que ele não tinha nada a perder no momento por dizer a verdade.

Ela comprou uma camisa nova para o jovem usar no julgamento e o aconselhou a esquecer as piadinhas de mau gosto e aquele sorriso de canto de boca que lhe dava um ar fanfarrão.

— Precisamos provar que o senhor, também, é uma vítima.

Myriam consegue se concentrar e o trabalho a faz esquecer a noite de pesadelo. Interroga os dois especialistas convocados para falar dos aspectos psicológicos de seu cliente. Uma das vítimas testemunha, ajudada por um tradutor. O testemunho é trabalhoso, mas a emoção é palpável na assistência. O acusado permanece de olhos baixos, impassível.

Durante uma suspensão da seção, enquanto Pascal está ao telefone, Myriam fica sentada em um corredor, com o olhar vazio, tomada por um sentimento de pânico. Ela sem dúvida tratou com condescendência demais aquela história das dívidas. Por discrição ou leviandade, ela não olhou em detalhe as cartas do Tesouro Público. Deveria ter guardado os documentos, dizia a si mesma. Dezenas de vezes pediu a Louise para trazê-los. Louise começou dizendo que os esquecera, que traria no dia seguinte, prometeu. Myriam tentou se inteirar do assunto. Ela a interrogou sobre Jacques, sobre aquelas dívidas que pareciam correr havia anos. Perguntou se Stéphanie sabia de suas dificuldades. A essas questões, feitas com uma voz doce e compreensiva, Louise respondia com um silêncio hermético. *É por pudor*, pensou Myriam. Uma maneira de preservar a fronteira entre nossos dois mundos. Ela então desistiu de ajudá-la. Tinha a impressão assustadora de que sua curiosidade era como golpes infligidos ao corpo frágil de Louise, esse corpo que há alguns dias parece se enfraquecer, empalidecer, se apagar. No corredor sombrio, onde paira um rumor lancinante, Myriam se sente desarmada, atormentada por um pesado e profundo esgotamento.

Nessa manhã, Paul ligou para ela. Foi gentil e conciliador. Desculpou-se por ter reagido de um jeito tão bobo. De não a ter levado a sério.

— Vamos fazer o que você achar melhor — ele repetiu. — Desse jeito, não podemos continuar com ela. — E ele acrescentou, pragmático — Vamos esperar o verão, nós saímos de férias e na volta explicamos que não precisamos mais de seus serviços.

Myriam respondeu com uma voz fraca, sem convicção. Ela lembra a alegria dos filhos quando viram de novo a babá depois de alguns dias do afastamento por doença. No olhar triste que Louise lhe dirigiu, no seu rosto lunar. Ainda ouve suas desculpas veladas e um pouco ridículas, sua vergonha por ter faltado a seu dever.

— Isso não acontecerá de novo — ela dizia. — Eu prometo.

Claro, bastava acabar com isso, pôr um fim em tudo. Mas Louise tem a chave da casa deles, sabe de tudo, se incrustou em suas vidas tão profundamente que parece agora impossível de despejar. Eles a afastarão, e ela voltará. Vão se despedir e ela vai se jogar contra a porta, eventualmente vai entrar, será ameaçadora, como um amante ferido.

Stéphanie

Stéphanie teve muita sorte. Quando entrou na segunda metade do ensino fundamental, a sra. Perrin, a patroa de Louise, propôs matricular a menina em um liceu de Paris, com nota melhor que aquele a que ela estaria destinada em Bobigny. A mulher quis fazer uma boa ação para aquela pobre Louise, que trabalha tanto e que é tão merecedora.

Mas Stéphanie não se mostrou à altura dessa generosidade. Apenas algumas semanas depois da entrada no nono ano, os problemas começaram. Ela perturbava a classe. Tinha ataques de riso, não parava de agitar objetos pela sala, de responder grosserias aos professores. Os outros alunos a achavam engraçada e cansativa ao mesmo tempo. Ela escondia de Louise os recados em sua caderneta, os avisos, as convocações para reunião com o diretor. Começou a matar aula e a fumar baseados antes do meio-dia, deitada nos bancos de um parquinho do décimo quinto *arrondissement*.

Uma noite, a sra. Perrin chamou a babá para falar de sua profunda decepção. Ela se sentia traída. Por causa de Louise, ela tinha passado por uma enorme vergonha. Tinha sido humilhada pelo diretor que ela levara tanto tempo para convencer e que lhe fizera uma delicadeza ao aceitar Stéphanie. Uma semana depois a jovem foi convocada a comparecer perante o conselho de disciplina, aonde Louise também deveria ir.

— É como um tribunal — a patroa explicou secamente. — Você é que vai ter que defendê-la.

Às três da tarde, Louise e sua filha entraram na sala. Era um cômodo redondo, mal aquecido, com grandes janelas cujos vidros verdes e azuis irradiavam uma luz de igreja. Umas dez pessoas – professores, conselheiros, representantes dos pais dos alunos – estavam sentadas em torno de uma grande mesa de madeira. Cada uma, em sua vez, tomou a palavra.

— Stéphanie não consegue se adaptar, ela é indisciplinada, insolente.

— Não é uma má menina — alguém disse. — Mas, quando começa, não há meio de convencê-la a parar.

Estavam espantados por Louise nunca ter reagido face à amplitude do desastre. Porque ela não respondeu aos chamados que os professores lhe tinham enviado. Tinham ligado para seu celular. Até deixaram mensagens, e todas ficaram sem resposta.

Louise implorou para que dessem outra chance a sua filha. Explicou, chorando, o quanto ela cuidava de suas crianças, que ela os castigava quando eles não ouviam. Que ela lhes proibia de ver televisão fazendo a lição de casa. Disse que tinha princípios e uma grande experiência com educação de crianças. A sra. Perrin a tinha avisado: era mesmo um tribunal, e era ela quem estava sendo julgada. Ela, a mãe negligente.

Em torno da grande mesa de madeira, naquela sala gelada em que todos ficaram de casaco, os professores inclinaram a cabeça para o lado. Repetiram:
— Não estamos questionando os esforços da senhora. Estamos certos de que a senhora faz o seu melhor.
Uma professora de francês, uma mulher magra e gentil, perguntou:
— Quantos irmãos e irmãs tem Stéphanie?
— Ela não tem nenhum — respondeu Louise.
— Mas a senhora nos falou de suas crianças, não?
— Sim, das crianças de que eu cuido. Aqueles com quem fico todo dia. E vocês podem acreditar, minha patroa está muito contente com a educação que dou a suas crianças.

Eles pediram que ela saísse da sala para que eles deliberassem. Louise se levantou e lhes dirigiu um sorriso que ela julgava ser o de uma mulher de classe. No corredor do liceu, em frente às quadras de basquete, Stéphanie continuava a rir como uma boba. Ela era muito redonda, muito grande, ridícula com seu rabo de cavalo no alto da cabeça. Usava uma calça de malha estampada que a deixava com coxas enormes. O caráter solene dessa reunião não parecia tê-la intimidado, apenas entediado. Não teve medo, ao contrário, sorria com um ar superior, como se esses professores que usavam blusas de lã fora de moda e xales de vovó não fossem nada além de maus atores.
Assim que saiu da sala do conselho, recuperou seu bom humor, seu ar fanfarrão de aluna-problema. No corredor, cutucava seus colegas que saíam da classe, dava pulos e murmurava segredos no ouvido de uma menina tímida que se segurava para não cair na risada. Louise tinha vontade de bater nela, de sacudi-la com todas as forças. Queria fazê-la compreender

as humilhações e o esforço que ela enfrentava para criar uma filha como ela. Queria colocar o nariz dela em seu suor e suas angústias, arrancar de seu peito a despreocupação estúpida. Esmigalhar o que restava de infância nela.

No corredor barulhento, Louise se continha para não tremer. Contentava-se de manter Stéphanie em silêncio, apertando mais e mais forte seus dedos em torno do braço gorducho da filha.

— Vocês podem entrar.

O professor coordenador passou a cabeça pela porta e fez um sinal para voltarem a suas cadeiras. Tinham levado apenas dez minutos para deliberar, mas Louise não compreendeu que isso era mau sinal.

Assim que mãe e filha se sentaram em seus lugares, o professor coordenador tomou a palavra. Stéphanie, ele explicou, é um elemento perturbador que eles fracassaram em adaptar. Tentaram bastante, usaram todos os métodos pedagógicos, nada adiantou. Esgotaram todas as suas competências. Têm uma responsabilidade e não podem deixar uma aluna tomar toda uma classe como refém.

— Talvez — acrescentou o professor — Stéphanie fique mais à vontade em um bairro próximo de sua casa. Em um ambiente que se pareça com ela, onde ela tenha referências. A senhora compreende?

Era março. O inverno tinha se estendido. Tinha-se a impressão de que o frio nunca mais ia acabar.

— Se a senhora precisar de ajuda quanto aos aspectos administrativos, temos pessoal pra isso — assegurou a conselheira de orientação.

Louise não entendia. Stéphanie tinha sido expulsa.

No ônibus que as levou para casa, Louise ficou em silêncio. Stéphanie ria, olhava pela janela com os fones de ouvido enfiados nas orelhas. Subiram a rua cinza que levava à casa de Jacques. Passaram na frente do mercado e Stéphanie diminuiu o passo para olhar as vitrines. Louise foi tomada por uma fúria por causa de sua insensatez, de seu egoísmo adolescente. Pegou-a pela manga da blusa e a puxou com vigor e brutalidade inacreditáveis. Uma cólera mais e mais sombria, mais e mais ardente a invadia. Tinha vontade de enfiar as unhas na pele mole de sua filha.

Abriu o portãozinho de entrada e, mal entrou, começou a encher Stéphanie de pancadas. No começo bateu nas costas, grandes socos que jogaram sua filha no chão. A adolescente, encolhida, gritava. Louise continuou a bater. Toda sua força de colosso aflorou, e suas mãos minúsculas cobriam o rosto de Stéphanie de tapas violentos. Ela puxava seus cabelos, afastava os braços com que a filha envolvia a cabeça para se defender. Batia nos olhos, insultava, arranhava até tirar sangue. Quando Stéphanie não se mexeu mais, Louise cuspiu na sua cara.

Jacques ouviu o barulho e chegou na janela. Viu Louise infligir uma correção à filha e não tentou separá-las.

Os silêncios e os mal-entendidos contaminaram tudo. No apartamento, a atmosfera está mais pesada. Myriam tenta não demonstrar nada para as crianças, mas ela está fria com Louise. Ela lhe fala de má vontade, passa instruções precisas. Segue os conselhos de Paul, que repete:

— Ela é nossa empregada, não nossa amiga.

Não bebem mais chá, juntas, na cozinha, Myriam sentada à mesa, Louise encostada no balcão. Myriam não diz mais palavras gentis: "Louise, você é um anjo", ou "não há duas como você". Não oferece mais, nas sextas à noite, para terminarem a garrafa de rosé que está na geladeira. "As crianças estão vendo um filme, a gente pode se dar um pequeno prazer", dizia então Myriam. Agora, quando uma abre a porta, a outra já sai por ela. Cada vez menos se veem juntas no mesmo ambiente e executam uma sábia coreografia de afastamento.

E então a primavera explode, ardente, inesperada. Os dias se alongam e as árvores mostram seus primeiros brotos. O bom tempo vem sacudir os hábitos, empurra Louise para fora, para os parques, com as crianças. Uma noite, ela pergunta a Myriam se pode sair mais cedo.

— Tenho um encontro — ela explica com uma voz emocionada.

Ela encontra Hervé no bairro em que ele trabalha e, juntos, vão ao cinema. Hervé teria preferido beber alguma coisa ao ar livre, mas Louise insistiu. Além disso, o filme lhe agradou bastante e eles o assistem de novo na semana seguinte. Na sala de cinema, Hervé cochila discretamente ao lado de Louise.

Ela acaba aceitando beber alguma coisa ao ar livre em um pub dos Grands Boulevards. Ela acha que Hervé é um homem feliz. Ele fala de seus projetos, sorrindo. Das férias que eles poderiam tirar, juntos, nas montanhas Vosges. Tomariam banho nus nos lagos, dormiriam em um chalé de um conhecido seu. E ouviriam música o tempo todo. Ele mostraria sua coleção de discos e tem certeza de que, bem rápido, ela não ia mais poder viver sem isso. Hervé tem vontade de se aposentar e não quer passar sozinho esses anos de descanso. Ele está divorciado há quinze anos. Não tem filhos, e a solidão lhe pesa.

Hervé usou todos os estratagemas até que Louise aceitou, uma noite, acompanhá-lo até sua casa. Ele a espera no Le Paradis, um café em frente ao prédio dos Massé. Pegam o metrô juntos e Hervé coloca sua mão avermelhada no joelho de Louise. Ela o escuta, com os olhos fixos nessa mão de homem, essa mão que se instala, que começa, que vai querer tudo. Essa mão discreta que esconde bem seu jogo.

Fazem amor sem graça, ele sobre ela, batendo às vezes o queixo um contra o outro. Deitado em cima dela, ele geme, mas ela não sabe se é de prazer ou porque suas articulações o fazem sofrer, e porque ela não ajuda. Hervé é tão pequeno que ela consegue sentir os tornozelos dele junto dos seus. Seus tornozelos grossos, seus pés cobertos de pelos, e esse contato lhe parece inconveniente, mais intrusivo ainda que o sexo do homem dentro dela. Jacques, por sua vez, era tão grande, e fazia amor como quem pune, com raiva. Desse enlace Hervé saiu aliviado, liberado de um peso, e ficou ainda mais íntimo.

Foi lá, na cama de Hervé, em seu apartamento barato na Porte de Saint-Ouen, com o homem adormecido a seu lado, que ela pensou em um bebê. Um bebê minúsculo, que acaba de nascer, um bebê todo envolvido pelo odor quente da vida que começa. Um bebê entregue ao amor, que ela vestiria com macacõezinhos de tom pastel e que passaria de seus braços para os de Myriam e depois para os de Paul. Uma criancinha que os manteria perto uns dos outros, que os uniria em um mesmo laço de ternura. Que apagaria os mal-entendidos, os conflitos, que daria de novo um sentido à rotina. Ela o embalaria no colo durante horas, em um quartinho mal-iluminado por um abajur enfeitado de barquinhos e ilhas que giram em torno da luz. Afagaria sua cabeça sem cabelos e afundaria seu mindinho na boca da criança com gentileza. Ele pararia de chorar, chupando sua unha pintada com as gengivas inchadas.

No dia seguinte, ela arruma com ainda mais cuidado a cama de Paul e Myriam. Passa a mão sobre os lençóis. Procura vestígios de seus enlaces, um vestígio da criança que, agora ela tem certeza, está por vir. Pergunta a Mila se ela gostaria de um irmãozinho ou de uma irmãzinha.

— Um bebê de que nós duas vamos cuidar, o que você acha?

Louise espera que Mila fale para a mãe, que ela sopre a ideia, que vai então fazer seu caminho e se impor. E um dia a menininha pergunta para Myriam, sob os olhos contentes de Louise, se ela carrega um bebê na barriga.

— Ah, não, prefiro morrer — responde Myriam, rindo.

Louise acha isso ruim. Não compreende o riso de Myriam, a leviandade com que trata essa questão. Myriam diz isso, com certeza, para afastar o mau-olhado. Ela se faz de indiferente, mas pensa nisso. Em setembro, Adam também vai entrar na escola, a casa ficará vazia, Louise não terá mais nada para fazer. É preciso que outra criança chegue para mobiliar os longos dias de inverno.

Louise ouve as conversas. O apartamento é pequeno, ela não faz de propósito, mas acaba ouvindo tudo. Exceto nesses últimos tempos, em que Myriam fala mais baixo. Fecha a porta quando fala ao telefone. Cochicha encostada nos ombros de Paul. Parecem ter segredos.

Louise fala com Wafa desse bebê que vai nascer. Da alegria que ele trará e do trabalho extra.

— Com três crianças, eles não poderão ficar sem mim.

Louise tem momentos de euforia. Tem uma intuição fugaz, informe, de uma vida que vai aumentar, de espaços maiores, de um amor mais puro, de apetites vorazes. Pensa no verão, que está tão próximo, nas férias em família. Imagina o cheiro da terra revirada e dos caroços de azeitona apodrecidos na beira da estrada. A copa das árvores frutíferas sob um raio de lua e nada para carregar, nada para cobrir, nada para esconder.

Volta a cozinhar, ela que vinha fazendo pratos, nessas últimas semanas, quase intragáveis. Prepara arroz-doce com canela para Myriam, sopas temperadas e todo tipo de prato que dizem estimular a fertilidade. Observa com atenção de tigresa o corpo da jovem mulher. Perscruta a brancura de sua pele, o peso dos seios, o brilho dos cabelos, tantos sinais que, ela acha, anunciam uma gravidez.

Cuida das roupas com concentração de sacerdotisa, de feiticeira vodu. Como sempre, é ela quem tira as roupas da máquina de lavar. Estende as cuecas de Paul. Gosta de lavar a roupa delicada de baixo à mão e, na pia da cozinha, passa na água fria as calcinhas de Myriam, os sutiãs de renda ou de seda. Recita orações.

Mas Louise se decepciona dia após dia. Nem precisa mexer no lixo. Nada lhe escapa. Viu a mancha na calça do pijama jogada ao pé da cama, do lado em que Myriam dorme. No piso do banheiro, nessa manhã, notou uma minúscula gota de sangue. Uma gota tão pequena que Myriam não limpou e que secou nas lajotas verdes e brancas.

O sangue volta sempre, ela conhece seu cheiro, esse sangue que Myriam não pode esconder dela e que, a cada mês, assinala a morte de uma criança.

Os dias de abatimento sucedem aos de euforia. O mundo parece se estreitar, se retrair, pesar sobre seu corpo com um peso esmagador. Paul e Myriam fecham para ela portas que ela desejaria arrombar. Ela só tem uma vontade: conviver com eles, encontrar seu lugar, se alojar, fazer um ninho, uma toca, um canto quente. Às vezes sente que está pronta para reivindicar seu quinhão de terra e então o ânimo diminui, o sofrimento a toma e ela tem vergonha até de ter acreditado em qualquer coisa.

Em uma quinta-feira à noite, em torno das oito horas, Louise volta para casa. Seu senhorio a espera no corredor. Está de pé sob a lâmpada que não acende mais.

— Ah, aí está a senhora.

Bertrand Alizard quase se jogou sobre ela. Ele dirige a tela de seu celular para o rosto de Louise, que põe a mão sobre os olhos.

— Eu estava esperando a senhora. Vim muitas vezes, à tarde e à noite. Nunca a encontrava. — Fala com uma voz suave, o corpo virado para Louise, dando a impressão de que vai tocá-la, pegar seu braço, falar em sua orelha. Ele olha fixamente para ela com seus olhos inflamados, seus olhos sem cílios, que ele coça depois de tirar os óculos, amarrados a um cordão.

Ela abre a porta do apartamento e o deixa entrar. Bertrand Alizard usa uma calça bege larga demais e, observando o homem de costas, Louise percebe que o cinto pulou dois passantes e que a calça está frouxa na cintura e nas nádegas. Parece um velhote, corcunda e frágil, que roubou as roupas de um gigante. Tudo nele parece inofensivo, seu crânio liso, seu rosto enrugado coberto de manchas senis, seus ombros trêmulos, tudo, exceto suas mãos secas e enormes, com unhas grossas como fósseis, as mãos de açougueiro que ele esfrega para se esquentar.

Ele entra no apartamento em silêncio, passo a passo, como se descobrisse o lugar pela primeira vez. Inspeciona as paredes, passa o dedo nos frisos imaculados. Toca em tudo com suas mãos calosas, acaricia o tecido do sofá, passa a mão na mesa de fórmica. O lugar parece vazio, inabitado. Teria adorado fazer algumas observações à locatária, dizer que, além de pagar seu aluguel atrasado, ela não tomava conta do lugar. Mas o cômodo estava exatamente como ele o deixou no dia em que a levou para visitar o apartamento pela primeira vez.

De pé, com a mão apoiada no encosto de uma cadeira, ele olha Louise e espera. Olha fixamente, com olhos amarelos que não veem mais muita coisa, mas que ele não está pronto para baixar. Espera que ela fale. Que ela mexa em sua bolsa para pegar o dinheiro do aluguel. Espera que ela dê o primeiro passo, que ela se desculpe por não ter respondido à correspondência nem às mensagens que ele tinha deixado. Mas Louise não diz nada. Continua de pé, contra a porta, como esses cachorrinhos medrosos que mordem quando alguém vai acalmá-los.

— Pelo que vejo, a senhora começou a encaixotar as coisas. É bom mesmo. — Alizard aponta, com seu dedo grosso, as poucas caixas arrumadas na entrada. — O próximo locatário estará aqui em um mês.

Dá alguns passos e empurra sem força a porta do box. O fundo do box como que afundou no chão e, por baixo, as tábuas apodrecidas cederam.

— O que aconteceu aqui?

O proprietário se abaixa. Resmunga, tira o casaco, que põe no chão, e coloca os óculos. Louise permanece de pé atrás dele. O sr. Alizard se volta gritando e repete:

— Eu perguntei o que aconteceu aqui!

Louise tem um sobressalto.

— Eu não sei. Aconteceu há alguns dias. Eu acho que a instalação está velha.

— Não mesmo. Construí o box eu mesmo. A senhora pode se considerar sortuda. Antigamente, o banho era no corredor. Eu mesmo, sozinho, instalei box com ducha nos apartamentos.

— Esse aqui afundou.

— É um problema de utilização, é evidente. A senhora não está pensando que o conserto vai ser por minha conta, agora que a senhora deixou o box apodrecer, está?

Louise o encara, e o sr. Alizard sente dificuldade para entender o que significam esse olhar fixo e esse silêncio.

— Por que a senhora não me chamou? Há quanto tempo a senhora vive assim?

O sr. Alizard se abaixou de novo, com o rosto coberto de suor.

Louise não diz que esse apartamento não é mais que um antro, um parêntese onde ela vem esconder seu esgotamento. Ela vive fora dali. Todo dia toma banho no apartamento de Myriam e Paul. Tira a roupa no quarto deles e coloca delicadamente suas roupas na cama do casal. Depois, nua, atravessa a sala para chegar ao banheiro. Adam está sentado no chão e ela passa na frente dele. Ela olha o menino balbuciando e sabe que ele não trairá seu segredo. Não dirá nada do corpo de

Louise, de sua brancura de estátua, de seus seios de nácar, que quase nunca viram o sol.

Ela não fecha a porta do banheiro para poder ouvir a criança. Liga a água e fica imóvel por algum tempo, tanto quanto pode, sob o jato quente. Não se veste em seguida. Afunda os dedos nos potes de creme que Myriam acumula e massageia suas pernas, suas coxas, seus braços. Anda descalça pelo apartamento, o corpo envolvido por uma toalha branca. Sua toalha, que ela esconde todo dia sob uma pilha no armário. Sua própria toalha.

— A senhora constatou o problema e não tentou arrumá-lo. A senhora prefere viver como os ciganos?

Só por sentimentalismo ele manteve esse apartamento de periferia. Agachado na frente do box, Alizard faz drama. Bufa, exagera, leva as mãos ao rosto. Toca o musgo escuro com a ponta dos dedos e balança a cabeça, como se fosse o único a perceber a gravidade da situação. Em voz alta, avalia o preço do conserto.

— Isso vai dar uns oitocentos euros. Pelo menos.

Exibe seu conhecimento de reformas, utiliza nomes técnicos, inventa que vai levar mais de quinze dias para arrumar o desastre. Procura impressionar a mulherzinha loura que continua sem dizer nada.

Ela pode usar sua caução, ele pensa. Na época, ele tinha insistido para que ela lhe desse dois meses de aluguel, como garantia. "É triste dizer, mas não se pode confiar nas pessoas." Pela memória de proprietário, nunca teve que restituir essa soma. Ninguém é suficientemente cuidadoso: sempre se encontra alguma coisa, um defeito que acaba vindo à tona, uma mancha em algum lugar, um descascado.

Alizard tem tino para os negócios. Durante trinta anos, dirigiu um caminhão entre a França e a Polônia. Dormia na cabine, mal comia, resistia à menor tentação. Mentia sobre seu tempo de descanso, se consolava de tudo calculando o dinheiro que não tinha gastado, satisfeito consigo mesmo por ser capaz de se autoimpor tais sacrifícios em nome de um futuro melhor.

Ano após ano, comprou apartamentinhos na periferia parisiense e os reformou. Ele os aluga por um preço exorbitante a pessoas que não têm outra opção. No fim do mês percorre suas propriedades para recolher o aluguel. Passa a cabeça pelo caixilho das portas, às vezes se impõe, entra para "dar uma olhada", para "se assegurar de que está tudo bem". Faz perguntas indiscretas às quais os locatários respondem sem graça, rezando para que ele vá embora, que saia de sua cozinha, que tire o nariz de seu armário. Mas ele fica, e as pessoas acabam oferecendo algo para ele beber, o que ele aceita e beberica lentamente. Fala de suas dores nas costas – "trinta anos dirigindo um caminhão, isso acaba moendo o corpo" – conduz a conversa.

Gosta de elogiar as mulheres, que ele acha mais cuidadosas que os homens e que criam menos caso. Dá preferência aos estudantes, às mães solteiras, às divorciadas, mas não às velhas que se instalam e não pagam mais, apenas porque têm a lei a seu lado. E então Louise chegou, com seu sorriso triste, seus cabelos louros, seu ar perdido. Tinha sido recomendada por uma antiga locatária de Alizard, uma enfermeira do hospital Henri-Mondor que sempre pagava o aluguel na data certa.

Porcaria de sentimentalismo. Essa Louise não tinha ninguém. Sem filhos e um marido morto e enterrado. Ela estava lá, na frente dele, com um maço de notas na mão, e ele a achou bonita, elegante em seu vestido *chemise* com gola *claudine*. Ela o olhava, dócil, cheia de gratidão. Cochichou:

— Estive muito doente — e nesse momento ele queimava de vontade de fazer perguntas, de saber o que ela tinha feito desde a morte de seu marido, de onde ela vinha e de que mal tinha sofrido. Mas ela não deu esse tempo a ele. Disse: — Acabo de encontrar um emprego, em Paris, em uma ótima família.
E a conversa acabou ali.

Neste momento, Bertrand Alizard quer se livrar dessa locatária muda e negligente. Ele não é tolo. Não suporta mais suas desculpas, seus modos evasivos, seus atrasos de pagamento. Não sabe por quê, mas a visão de Louise lhe dá arrepios. Alguma coisa nela o desagrada; esse sorriso enigmático, essa maquiagem exagerada, esse jeito que ela tem de olhar de cima e não abrir os lábios. Nunca respondeu a um de seus sorrisos. Nunca se esforçou para comentar que ele tinha vestido um novo paletó e que tinha penteado sua triste mecha de cabelos ruivos para o lado.

Alizard se dirige para a pia. Lava as mãos e diz:

— Vou voltar em oito dias com o material e um operário para os trabalhos. A senhora deveria terminar de encaixotar suas coisas.

Louise leva as crianças para passear. Passam longas tardes no parquinho, onde as árvores foram podadas, e o gramado, verde novamente, se oferece para os estudantes do bairro. Em torno dos balanços, as crianças estão felizes por se encontrarem de novo, mesmo sem saber, na maior parte do tempo, os nomes umas das outras. Para eles, nada tem importância além dessa nova fantasia, desse brinquedo novo, desse carrinho de bebê em miniatura onde uma menininha arrumou sua boneca.

Louise não fez nenhuma amiga no bairro. Além de Wafa, não fala com ninguém. Contenta-se com sorrisos polidos, sinais discretos com a mão. Quando chegou, as outras babás do parquinho guardaram distância. Louise bancava a governanta, a intendente, a babá inglesa. Suas colegas reprovavam seu ar altivo e suas maneiras ridículas de mulher de classe. Ela se via como uma sabe-tudo, justo ela, que não tinha a decência de ajudar quando as babás, telefone colado à orelha, se esqueciam de segurar a mão de suas crianças para atravessar a rua. Chegou até a repreender ostensivamente umas crianças que ninguém vigiava e que roubavam os brinquedos das outras ou caíam de um guarda-corpo.

Os meses passaram e, sentadas nesses bancos durante horas, as babás aprenderam a se conhecer, quase à revelia de sua própria vontade, como colegas de um escritório a céu aberto. Elas se veem todo dia depois da escola, se cruzam nos supermercados, no pediatra ou cuidando da pracinha. Louise guardou alguns nomes ou seus países de origem. Sabe em que prédio trabalham, a profissão de seus patrões. Sentada embaixo da roseira que só floriu pela metade, ouve as intermináveis conversas telefônicas que essas mulheres mantêm enquanto roem o fim de um biscoito de chocolate.

Em torno do escorregador e da caixa de areia ressoam notas de baúle, diúla, árabe e hindi, palavras de amor são pronunciadas em filipino ou em russo. Línguas do fim do mundo contaminam o tatibitate das crianças, que aprendem alguns sons que seus pais, encantados, as fazem repetir. "Ele fala árabe, eu juro, ouça!" Depois, com os anos, as crianças esquecem e, enquanto o rosto e a voz da babá, agora desaparecida, se apagam, ninguém mais na casa se lembra como dizer "mamãe" em lingala ou quais os nomes daqueles pratos exóticos que a babá gentil preparava. "Este cozido de carne, como é que ela chamava isso?"

Em volta das crianças, todas parecidas umas com as outras, usando às vezes as mesmas roupas compradas nas mesmas redes e em cujas etiquetas as mães tomaram o cuidado de escrever seus nomes para evitar qualquer confusão, se agita essa nuvem de mulheres. Há jovens com véu preto, que têm que ser ainda mais pontuais, mais gentis, mais limpas que as outras. Há aquelas que mudam de emprego toda semana. As filipinas que imploram, em inglês, para que as crianças não pulem nas poças. Há as mais antigas, que conhecem o bairro há anos, que são íntimas da diretora da escola, aquelas que, na rua, encontram adolescentes que elas um dia criaram e se convencem de que eles as reconheceram, que se não as cumprimentaram foi por timidez. Há as novas, que trabalham alguns meses e depois desaparecem sem se despedir, deixando correr atrás delas rumores e suspeitas.

As babás sabem pouca coisa de Louise. Mesmo Wafa que, no entanto, parece conhecê-la, foi discreta sobre a vida da amiga. Elas até tentaram fazer perguntas. A babá branca as intriga. Quantas vezes os pais a tomaram por modelo, gabando suas qualidades de cozinheira, sua total disponibilidade, evocando a confiança absoluta que Myriam tinha nela? Elas se perguntam quem é essa mulher tão frágil e tão perfeita. Em que casa ela trabalhou antes de vir para cá? Em que bairro de Paris? Ela é casada? Tem filhos que encontra à noite, depois do trabalho? Seus patrões são justos com ela?

Louise não responde, ou quase não responde, e as babás compreendem esse silêncio. Todas elas têm segredos inconfessáveis. Escondem lembranças terríveis de joelhos dobrados, de humilhações, de mentiras. Lembranças de vozes que mal se ouvem no outro lado da linha, conversas que se interrompem, pessoas que morrem e não foram vistas uma última vez, dinheiro pedido emprestado dia após dia para um filho doente, que não a reconhece mais e que esqueceu o som de sua voz. Algumas, Louise sabe, roubaram; coisas pequenas, quase nada, como uma taxa cobrada pela felicidade dos outros. Algumas escondem seu verdadeiro nome. Não gostar de Louise por sua reserva não seria algo que pudessem cogitar. Desconfiam, só isso.

No parquinho não é comum falar muito de si, ou isso se faz por alusão. Ninguém quer que as lágrimas brotem nos olhos. Os patrões bastam para alimentar conversas apaixonadas. As babás riem de suas manias, de seus hábitos, de seu modo de vida. Os patrões de Wafa são avarentos, os de Alba são terrivelmente desconfiados. A mãe do pequeno Jules tem problemas com álcool. A maior parte deles, elas se queixam, é manipulada por seus filhos, que eles veem muito pouco e a quem cedem o tempo todo. Rosalia, uma filipina com a pele bem escura, fuma um cigarro atrás do outro.

— A patroa me encontrou na rua na última vez. Sei que ela me vigia.

Enquanto as crianças correm sobre as pedrinhas, enquanto cavam na caixa de areia que a prefeitura desratizou recentemente, as mulheres fazem do parquinho um escritório de recrutamento e ao mesmo tempo um sindicato, um centro de reclamações e de pequenos anúncios. Ali circulam as ofertas de emprego, se contam os litígios contra empregadores e empregados. As mulheres vêm se queixar para Lydie, a autoproclamada presidente, uma marfinense de cinquenta anos que usa casacos de pele falsa e desenha suas sobrancelhas a lápis, com finas linhas vermelhas.

Às seis da tarde, bandos de jovens invadem o parquinho. Todo mundo os conhece. Vêm da rue de Dunkerque, da Gare du Nord, e deixam pela região cachimbos quebrados, fazem xixi nas jardineiras, procuram encrenca. As babás, quando os veem, juntam rápido os casacos que levam, as pazinhas cobertas de areia, penduram suas bolsas nos carrinhos de bebê e vão embora.

A procissão atravessa as grades do parquinho e as mulheres se separam. Umas sobem para Montmartre ou Notre-Dame-de-Lorette, outras, como Louise e Lydie, descem para os Grands Boulevards. Andam lado a lado. Louise segura Mila e Adam pela mão. Quando a calçada é muito estreita, ela deixa Lydie ir na frente, curvada sobre seu carrinho, onde dorme um bebezinho.

— Ontem uma jovem grávida passou por aqui. Vai ter gêmeos em agosto — conta Lydie.

Ninguém ignora que algumas mães, as mais prudentes, as meticulosas, vêm ali fazer seu mercado, como antigamente se ia às docas ou ao fim de uma ruela para encontrar uma empregada ou um quebra-galhos. As mães andam entre os bancos, observam as babás, perscrutam os rostos das crianças quando voltam para as coxas dessas mulheres que limpam seus narizes com um gesto brusco ou as consolam depois de um tombo. Às vezes elas fazem perguntas. Investigam.

— Ela mora na rue des Martyrs e dá à luz no final de agosto. Como ela está procurando alguém, pensei em você — conclui Lydie.

Louise levanta seus olhos de boneca para ela. Ouve a voz de Lydie ao longe, a ouve ressoar em seu crânio, sem que as palavras se separem, sem que um sentido emerja desse magma. Ela se abaixa, pega Adam no colo e agarra Mila pela axila. Lydie levanta a voz, repete alguma coisa, pensa talvez que Louise não a tenha ouvido, que está distraída, só ocupada com as crianças.

— Então, o que acha? Dou seu número pra ela?

Louise não responde. Ela acelera o passo e avança, brutal, surda. Corta a frente de Lydie e, em sua fuga, com um gesto brusco, derruba o carrinho em que está a criança que, acordada em sobressalto, se põe a gritar.

— O que é isso? — grita a babá, que deixou cair todas as compras no meio-fio.

Louise já está longe. Na rua, as pessoas se juntaram em volta da marfinense. Recolhem as mexericas que rolam na calçada, jogam no lixo uma baguete que caiu na água. Preocupam-se com o bebê, que não tem nada, felizmente.

Lydie vai contar muitas vezes essa história inacreditável e jurar:

— Não, não foi um acidente. Ela virou o carrinho. Fez de propósito.

A obsessão pela criança gira em falso na sua cabeça. Ela só pensa nisso. Esse bebê, que ela amará loucamente, é a solução para todos os seus problemas. Uma vez a caminho, ele vai calar as megeras do parquinho, vai fazer o horroroso proprietário de seu apartamento recuar. Vai proteger o lugar de Louise em seu reino. Ela se convence de que Paul e Myriam não têm muito tempo para eles mesmos. Que Mila e Adam são um obstáculo à chegada do bebê. Seus caprichos os esgotam, o sono muito leve de Adam interrompe seus momentos íntimos. Se eles não estivessem o tempo todo no pé dos pais, choramingando, pedindo carinho, Paul e Myriam poderiam ir adiante e fazer um filho para Louise. Ela deseja esse bebê com uma violência fanática, uma cegueira de possuída. Ela o quer como raramente quis qualquer coisa, a ponto de se sentir mal, a ponto de ser capaz de afogar, queimar, arrasar tudo que se coloque entre ela e a satisfação de seu desejo.

Uma noite, Louise espera Myriam com impaciência. Quando ela abre a porta, Louise salta em cima dela com os olhos brilhando. Ela puxa Mila pela mão. A babá está com um ar tenso, concentrado. Parece fazer um grande esforço para se conter, para não saltitar ou soltar um grito. Pensou nesse momento durante o dia todo. Seu plano parece perfeito, e agora basta Myriam concordar, basta que ela se deixe levar, que ela caia nos braços de Paul.

— Eu queria levar as crianças pra comer em um restaurante. Assim você jantaria tranquila com o seu marido.

Myriam coloca sua bolsa na poltrona. Louise a segue com os olhos, se aproxima, chega bem perto. Myriam consegue sentir a respiração dela sobre si. Ela a impede de pensar. Louise é como uma criança, com olhos que dizem "e então?", com o corpo inteiro tomado por impaciência e agitação.

— Ah, não sei. Não pensamos nisso. Talvez outro dia.

Myriam tira seu casaco e começa a caminhar para o quarto. Mas Mila a segura. A criança entra em cena, cúmplice perfeita de sua babá. Suplica com sua voz doce:

— Mamãe, por favor. Nós queremos ir ao restaurante com Louise.

Myriam acaba cedendo. Insiste para pagar o jantar e, de pronto, procura a carteira na bolsa, mas Louise a detém.

— Por favor, hoje sou eu quem convida.

No bolso, contra sua coxa, Louise tem uma nota que ela às vezes acaricia com a ponta dos dedos. Eles caminham até o restaurante. Ela descobriu, antes, esse pequeno bistrô aonde vão sobretudo estudantes atrás de cerveja a três euros. Mas nessa noite o bistrô está quase vazio. O dono, um chinês, está sentado atrás do balcão, sob a luz dos neons. Usa uma camisa vermelha com estampa chamativa e conversa com uma mulher que está sentada com sua cerveja e usa meias enroladas nos tornozelos grossos. Nas mesas lá fora, dois homens fumam.

Louise empurra Mila para o restaurante. Sente-se no salão um cheiro de cigarro frio, de cozido e de suor, que deixa a menininha com vontade de vomitar. Mila está muito decepcionada. Ela senta, perscruta todo o salão vazio, as prateleiras sujas onde estão os potes de ketchup e mostarda. Ela não imaginava isso. Pensava que ia ver mulheres bonitas, que haveria barulho, música, casais. Ao invés disso, ela se debruça sobre a mesa gordurosa e fixa a tela da televisão que fica acima do balcão.

Louise, com Adam no colo, diz que não quer comer.

— Eu escolho pra vocês, tá bem? — Não deu à Mila tempo de responder e pede salsichas e batata frita. — Eles vão dividir — ela avisa. O chinês mal responde e tira o cardápio de suas mãos.

Louise pediu uma taça de vinho, que bebe devagar. Gentilmente, tenta conversar com Mila. Trouxe papel e lápis, que coloca na mesa. Mas Mila não está com vontade de desenhar. Também não tem muita fome e mal toca seu prato. Adam voltou para o carrinho e esfrega os olhos com suas mãozinhas fechadas.

Louise olha a janela, seu relógio, a rua, o balcão onde o proprietário se apoia. Rói as unhas, sorri, e então seu olhar fica vago, ausente. Gostaria de ocupar suas mãos com alguma coisa, concentrar todo seu espírito em um só pensamento, mas ela não passa de cacos de vidro, sua alma está cheia de pedregulhos. Passa várias vezes a mão em concha na mesa para juntar as casquinhas invisíveis ou para alisar a superfície fria. Imagens confusas a invadem, umas sem ligação com as outras, visões desfilam mais e mais rápido, ligando lembranças a arrependimentos, rostos a fantasias jamais realizadas. O cheiro de plástico no pátio do hospital em que a mandavam passear. O riso de Stéphanie, às vezes explosivo e abafado, como o riso da hiena. Os rostos das crianças esquecidas, a maciez dos cabelos acariciados com a ponta dos dedos, o gosto de cal de um folheado de maçã que tinha secado no fundo de uma sacola e que ela tinha comido mesmo assim. Ouve a voz de Bertrand Alizard, sua voz que mente e se mistura à voz dos outros, de todos aqueles que lhe deram ordens, conselhos, que a obrigaram a algo, e mesmo a voz gentil daquela oficial de Justiça que, ela se lembra, se chamava Isabelle.

Sorri para Mila, tentando consolá-la. Sabe bem que a menininha está com vontade de chorar. Conhece essa sensação, esse peso no peito, esse desconforto por estar ali. Sabe também que Mila está se contendo, que ela tem autocontrole, educação burguesa, que é capaz de amabilidades que não são comuns a sua idade. Louise pede outra taça de vinho e, enquanto bebe, observa a menina com o olhar fixo na televisão e adivinha, muito claramente, os traços de sua mãe sob a máscara da infância. Os gestos inocentes da menininha carregam, nascentes, um nervosismo de mulher, uma rudeza de patroa.

O chinês retira os copos vazios e o prato meio cheio. Coloca sobre a mesa a conta rabiscada em uma folha quadriculada. Louise não se mexe. Espera que o tempo passe, que a noite avance, pensa em Paul e Myriam aproveitando a tranquilidade, o apartamento vazio, o jantar que ela deixou na mesa. Comeram, sem dúvida, de pé na cozinha, como antes do nascimento das crianças. Paul serve vinho para sua mulher, termina sua taça. Sua mão agora alisa a pele de Myriam e eles riem, eles são assim, pessoas que riem durante o amor, no desejo, no impudor.

Louise acaba se levantando. Saem do restaurante. Mila está aliviada. Tem as pálpebras pesadas, agora quer ir para a cama. Adam dormiu no carrinho. Louise arruma a coberta sobre a criança. Assim que a noite cai, o inverno que estava escondido retoma seu lugar, se insinua sob as roupas.

Louise segura a mão da menininha e elas andam, durante muito tempo, por uma Paris de onde todas as crianças desapareceram. Seguem pelos Grands Boulevards, passam na frente dos teatros e dos cafés cheios de gente. Pegam ruas mais e mais estreitas e escuras, desembocando às vezes em uma pracinha onde jovens fumam baseados encostados em lixeiras.

Mila não reconhece essas ruas. Uma luz amarela ilumina as calçadas. Essas casas, esses restaurantes parecem muito distantes de sua casa, e ela ergue uns olhos inquietos para Louise. Espera uma palavra tranquilizadora. Será uma surpresa? Mas Louise anda, anda, só quebrando o silêncio para dizer: "Vamos, venha!". A menina torce o pé no calçamento e está com a barriga doendo por causa da angústia, persuadida de que suas queixas só agravariam a situação. Sente que um capricho não serviria de nada. Na rue de Montmartre, Mila observa as moças que fumam em frente aos bares, as moças de salto alto, que gritam um pouco alto demais e que ouvem broncas do proprietário: "Temos vizinhos aqui, baixem o volume!". A menina perdeu todas as suas referências, não sabe mais nem onde fica a cidade, se daqui ela pode ver sua casa, se seus pais sabem onde ela está.

Bruscamente, Louise para no meio de uma rua animada. Olha para cima, deixa o carrinho contra um muro e pergunta a Mila:

— Qual sabor você quer?

Atrás do balcão, um homem espera com um ar cansado que a criança decida. Mila é muito pequena para ver os recipientes de sorvete. Ela se estica na ponta do pé e depois, nervosa, responde:

— Morango.

Uma mão na mão de Louise e outra segurando sua casquinha, Mila faz o caminho de volta no meio da noite, lambendo o sorvete que lhe dá uma dor de cabeça horrível. Fecha os olhos com força, para fazer a dor passar, tenta se concentrar no gosto dos morangos esmagados e nos pedacinhos de fruta que se prendem entre os dentes. No seu estômago vazio o sorvete cai em flocos pesados.

Eles pegam o ônibus para voltar. Mila pergunta se ela pode colocar o bilhete na máquina, como ela sempre faz quando elas pegam ônibus juntas. Mas Louise manda ela ficar quieta.

— À noite não precisa de bilhete. Não se preocupe.

Quando Louise abre a porta do apartamento, Paul está deitado no sofá. Ouvindo um disco, com os olhos fechados. Mila se joga sobre ele. Pula nos seus braços e afunda seu rosto gelado no pescoço do pai. Paul faz de conta que vai dar bronca nela, que saiu tão tarde, que passou a noite se divertindo em um restaurante, como uma moça. Myriam, ele conta, tomou um banho e foi pra cama cedo.

— O trabalho acabou com ela. Eu nem a vi.

Uma melancolia brutal envolve Louise. Tudo aquilo não serviu para nada. Ela está com frio, com dor nas pernas, usou sua última nota de dinheiro e Myriam nem esperou seu marido para ir dormir.

É solitário ficar cercado de crianças. Elas não ligam para os contornos do nosso mundo. Adivinham sua duração, sua escuridão, mas não querem saber de nada. Louise fala e eles viram a cabeça. Ela segura suas mãos, coloca-se na sua altura, mas eles já estão olhando em outra direção, já viram alguma coisa. Encontraram uma brincadeira que os dispensa de escutar. Não fingem ter piedade dos infelizes.

Ela se senta ao lado de Mila. A menininha desenha, agachada sobre uma cadeira. Ela é capaz de ficar concentrada por quase uma hora na frente de seus papéis e suas canetinhas. Ela pinta com aplicação, atenta ao menor detalhe. Louise adora ficar ao seu lado, olhar as cores aparecerem sobre o papel. Assiste, silenciosa, à eclosão de flores gigantes no jardim de uma casa alaranjada onde personagens com mãos longas e corpos longilíneos dormem sobre o gramado. Mila não deixa nenhum pedaço vazio. Nuvens, carros voadores, balões enchem o céu com uma densidade ondulante.

— Quem é esse? — Louise pergunta.

— Esse? — Mila coloca o dedo sobre um personagem imenso, sorridente, deitado sobre mais da metade da folha. — É a Mila.

Louise não consegue mais encontrar consolo nas crianças. As histórias que ela conta derrapam e Mila chama sua atenção para isso. As criaturas míticas perderam a vivacidade e o esplendor. Nesse momento, os personagens esqueceram o fim e o sentido de sua luta, e seus contos não são mais que histórias de longas errâncias, entrecortadas, desordenadas, de princesas empobrecidas, dragões doentes, solilóquios egoístas que as crianças não entendem e que as deixam impacientes.

— Conta outra coisa — suplica Mila, e Louise não sabe o que contar, afundada em suas palavras como em areia movediça.

Louise ri menos, brinca com menos vigor na corrida de cavalinhos ou nas guerras de almofadas. No entanto, adora essas duas crianças, que passa horas a observar. Ela sentiria falta desse olhar que eles lhe dirigem às vezes, procurando sua aprovação ou sua ajuda. Ela adora sobretudo o jeito que Adam tem de olhar para ela para tomá-la como testemunha de seus progressos, de suas alegrias, querendo dizer que em todos os seus gestos há alguma coisa que é destinada a ela, e só a ela. Ela gostaria de se nutrir até a embriaguez da inocência, do entusiasmo deles. Gostaria de ver com seus olhos quando olham alguma coisa pela primeira vez, quando compreendem a lógica de um mecanismo de que esperam uma repetição infinita, sem nunca pensar, antes, na fadiga que virá.

Louise deixa a televisão ligada o dia todo. Assiste a reportagens apocalípticas, programas idiotas, jogos cujas regras não compreende. Desde os atentados, Myriam a proibiu de deixar as crianças na frente da TV. Mas Louise não liga. Mila sabe que não é preciso repetir o que ela viu para seus pais. Não deve pronunciar as palavras "perseguição", "terrorista", "mortos". A criança olha, ávida, silenciosa, as informações que desfilam. Depois, quando não aguenta mais, se vira para o irmão. Eles brincam, brigam. Mila o empurra contra a parede e o menininho fica vermelho antes de pular em seu rosto.

Louise não se volta para eles. Ela fica com o olhar grudado na tela, o corpo totalmente imóvel. A babá se recusa a ir para o parquinho. Ela não quer cruzar com as outras moças ou encontrar a vizinha velha, para quem ela se humilhou pedindo serviço. As crianças, nervosas, ficam andando em círculos no apartamento, imploram, querem tomar ar, brincar com os colegas, comprar um *gaufre* de chocolate ali perto.

Os gritos dos pequenos a irritam, ela fica com vontade de gritar também. O cacarejo cansativo das crianças, suas vozes agudas, seus porquês, seus desejos egoístas, faziam sua cabeça explodir.

— Quando é amanhã? — Mila pergunta uma centena de vezes.

Louise não pode cantar sem que eles implorem para ela começar de novo, exigem uma eterna repetição de tudo, das histórias, das brincadeiras, das caretas, e Louise não aguenta mais. Não consegue mais ter paciência com os choros, os caprichos, as alegrias histéricas. Tem às vezes vontade de colocar seus dedos em volta do pescoço de Adam e de sacudi-lo até que ele desmaie. Ela afasta essas ideias com um gesto largo da cabeça. Consegue parar de pensar nisso, mas uma maré sombria e pegajosa a invade inteira.

É preciso que alguém morra. É preciso que alguém morra para sermos felizes.

Refrãos mórbidos embalam Louise enquanto ela anda. As frases, que ela não inventou e cujo sentido ela não tem certeza de compreender, assombram seu espírito. Seu coração endureceu. Os anos o cobriram com uma casca grossa e fria, e ela mal o ouve bater. Nada mais a emociona. Precisa admitir que não sabe mais amar. Esgotou toda a ternura que tinha em seu coração, e suas mãos não têm mais nada para afagar.

Serei punida por isso, ela se ouve pensar. *Serei punida por não saber amar.*

Há fotos daquela tarde. Elas não foram reveladas, mas existem, em algum lugar, no fundo de uma máquina. São, principalmente, das crianças. Adam, deitado na grama, nu da cintura para cima. Com seus grandes olhos azuis, olha para o lado com um ar ausente, quase melancólico apesar de sua tenra idade. Em uma dessas imagens, Mila corre no meio de uma grande aleia de árvores. Está com um vestido branco com estampa de borboletas. Está descalça. Em outra foto, Paul carrega Adam nos ombros e Mila nos braços. Myriam está atrás da objetiva. É ela quem registra esse instante. O rosto de seu marido está fora de foco, seu sorriso está escondido por um dos pés do menininho. Myriam ri também, não pensa em pedir para ficarem imóveis. Para deixarem de se agitar por um momento.

— Pra foto, por favor.

Ela se apega, no entanto, a essas fotografias, que tira às centenas e que olha nos momentos de melancolia. No metrô, entre duas reuniões, às vezes até durante um jantar ela segura furtivamente, entre os dedos, um retrato de seus filhos. Acredita também que é seu dever de mãe captar esses instantes, reter as provas de uma felicidade passada. Poderá um dia esfregar no nariz de Mila ou de Adam. Ela desfiará essas lembranças e a imagem virá despertar sensações antigas, detalhes, uma atmosfera. Sempre lhe disseram que as crianças são uma felicidade efêmera, uma visão furtiva, uma impaciência. Uma eterna metamorfose. Rostos redondos que se impregnam de gravidade sem que se perceba. Assim, sempre que tem oportunidade, é pela tela de seu iPhone que ela olha para os filhos, que são para ela a mais bela paisagem do mundo.

Thomas, o amigo de Paul, os convidou a passar o dia na sua casa de campo. Ele se isola para compor canções e manter um alcoolismo tenaz. Thomas cria pôneis no fundo de seu estábulo. Pôneis irreais, louros como atrizes americanas e com patas curtas. Um riachinho atravessa o imenso jardim, cujos limites nem mesmo Thomas conhece bem. As crianças almoçam sobre o gramado. Os pais bebem vinho rosé e Thomas acaba colocando sobre a mesa uma caixa de vinho, que ele mama sem parar.

— Estamos entre amigos, não é? A gente não vai só bebericar.

Thomas não tem filhos e não passa pela cabeça de Paul ou Myriam entediá-lo com suas histórias de babá, educação, férias em família. Durante aquele lindo dia de maio, eles esquecem suas angústias. Suas preocupações se mostram como elas são: pequenas preocupações do cotidiano, quase caprichos. Na cabeça, só têm o futuro, os projetos, as alegrias que logo vão acontecer. Myriam tem certeza de que, em setembro, Pascal vai propor que ela se torne sócia. Ela poderá escolher os casos, delegar a estagiários o trabalho chato. Paul olha sua mulher e seus filhos. Ele diz a si mesmo que a fase mais difícil já passou, que o melhor está por vir.

Passam um dia maravilhoso correndo, brincando. As crianças montam os pôneis e os alimentam com maçãs e cenouras. Arrancam mato daquilo que Thomas chama de horta, onde nenhum legume jamais cresceu. Paul pega um violão e faz todo mundo rir. Depois todos se calam quando Thomas canta e Myriam faz o coro. As crianças arregalam muito os olhos diante desses adultos tão sábios, que cantam em uma língua que eles não entendem.

Na hora de voltar, as crianças gritam. Adam se joga no chão, se recusa a ir embora. Mila, que está esgotada também, soluça nos braços de Thomas. Assim que são instaladas no carro, as crianças adormecem. Myriam e Paul estão silenciosos. Observam os campos de colza surpreendentes no pôr do sol avermelhado que banha os postos de parada, as zonas industriais e as turbinas eólicas cinzentas com um quê de poesia.

Um acidente travou a estrada e Paul, que fica louco com engarrafamentos, decide pegar uma saída e chegar a Paris pela estrada federal.

— Só tenho que seguir o GPS.

Eles se enfiam em ruas escuras, ao longo das quais casas burguesas e feias mantêm suas janelas fechadas. Myriam pegou no sono. As folhas das árvores, como milhares de diamantes negros, brilham sob os postes de luz. Ela às vezes abre os olhos e fica preocupada que Paul se entregue, também, ao sonho. Paul a acalma e ela adormece de novo.

Acorda com o barulho das buzinas e, com olhos meio abertos e o espírito ainda na bruma do sono e do excesso de vinho, não reconhece imediatamente a avenida em que estão parados.

— Onde a gente está? — pergunta a Paul, que não responde, que não sabe de nada e que está inteiramente ocupado em entender o que provocou o congestionamento, o que os impede de avançar.

Myriam vira a cabeça. Teria adormecido de novo se não tivesse visto ali, na calçada em frente, a silhueta familiar de Louise.

— Olhe — ela diz a Paul, esticando o braço. Mas Paul está concentrado no engarrafamento. Estuda as possibilidades de sair dali, de fazer meia-volta. Ele entrou em um cruzamento onde os carros, que chegam de todos os lados, não conseguem avançar mais. As motos abrem seus caminhos, os pedestres roçam os capôs. Os semáforos passam do vermelho ao verde em alguns segundos. Ninguém avança.

— Olhe lá. Acho que é Louise.

Myriam se ergue um pouco do banco para ver melhor o rosto da mulher que caminha do outro lado do cruzamento. Ela poderia baixar o vidro e chamá-la, mas seria ridículo e a babá certamente não a ouviria. Myriam vê seus cabelos louros, o coque na nuca, o andar inimitável de Louise, ágil e vacilante. A babá, ela pensa, anda devagar, olhando vitrines nessa rua de comércio. Depois Myriam perde a silhueta de vista, seu corpo pequeno é escondido pelos passantes, levado por um grupo que ri e agita os braços. E ela reaparece do outro lado da faixa de pedestres, como nas imagens de um velho filme de cores desbotadas, em uma Paris que a semiescuridão deixa irreal. Louise parece absurda com sua eterna gola *claudine* e sua saia muito longa, como uma personagem que tivesse se enganado de história e se encontrasse em um mundo estranho, condenada a errar para sempre.

Paul buzina furiosamente e as crianças acordam em sobressalto. Ele põe o braço para fora, olha atrás dele e pega uma rua perpendicular a toda velocidade, dizendo palavrões. Myriam queria detê-lo, dizer que eles têm tempo, que não adianta nada ficar com raiva. Nostálgica, contempla até o último instante, imóvel sob o poste de luz, uma Louise lunar, quase sem contornos definidos, que espera alguma coisa na frente de uma fronteira que ela está pronta para atravessar e atrás da qual vai desaparecer.

Myriam afunda no banco. Olha de novo a sua frente, perturbada como se tivesse se lembrado de algo, um antigo conhecido, um amor de juventude. Ela se pergunta aonde vai Louise, se era mesmo ela e o que fazia lá. Teria gostado de observá-la mais através daquele vidro, de olhá-la viver. O fato de vê-la na calçada, por acaso, em um lugar tão distante de seus hábitos, suscita em Myriam uma curiosidade violenta. Pela primeira vez tenta imaginar, carnalmente, tudo o que Louise é quando não está com eles.

Ao ouvir sua mãe pronunciar o nome da babá, Adam também olhou pela janela.

— É minha babá! — ele grita, mostrando com o dedo, como se não entendesse que ela pudesse viver em outro lugar, sozinha, que pudesse andar sem se apoiar em um carrinho de bebê ou sem segurar uma criança pela mão.

Pergunta:

— Aonde a Louise está indo?

— Vai pra casa — responde Myriam. — Pra casa dela.

A capitã Nina Dorval está deitada na cama com os olhos abertos, em seu apartamento no boulevard de Strasbourg. Paris está deserta nesse mês de agosto chuvoso. A noite é silenciosa. Na manhã seguinte, às sete e meia, na hora em que Louise todo dia encontrava as crianças, os lacres serão retirados do apartamento da rue d'Hauteville e será feita a reconstituição do crime. Nina avisou o juiz de Instrução, o procurador, os advogados.

— Eu mesma farei a babá — ela disse.

Ninguém ousaria contradizê-la. A capitã conhece esse caso melhor que ninguém. Foi a primeira a chegar na cena do crime, depois do telefonema de Rose Grinberg. A professora de música berrava:

— É a babá! Ela matou as crianças!

Naquele dia, a policial estacionou na frente do imóvel. Uma ambulância acabava de deixar o lugar. Transportava a menininha para o hospital mais próximo. Curiosos já obstruíam a rua, fascinados pelo barulho das sirenes, a precipitação dos socorristas, a palidez dos policiais. Os passantes faziam de conta que esperavam alguma coisa, faziam perguntas, ficavam imóveis na porta da padaria ou sob uma marquise. Um homem, com o braço estendido, tirou uma foto da entrada do prédio. Nina Dorval o fez sair.

Na escada, a capitã cruzou com os socorristas que retiravam a mãe. A suspeita ainda estava lá em cima, inconsciente. Segurava na mão uma faquinha branca de cerâmica.

— Retirem-na pela porta dos fundos — ordenou Nina.

Entrou no apartamento. Deu uma tarefa para cada um. Ficou olhando os membros da polícia científica trabalharem, com seus largos macacões brancos. No banheiro, retirou suas luvas e se debruçou por cima da banheira. Começou afundando a ponta dos dedos na água turva e gelada, traçando sulcos, colocando-a em movimento. Um barco de piratas balançou sobre a água. Ela não conseguia tirar a mão, alguma coisa a atraía para o fundo. Afundou seu braço até o cotovelo, depois até o ombro, e foi assim que um investigador a encontrou, agachada, com a manga encharcada. Ele pediu que ela saísse; ele ia fazer o levantamento.

Nina Dorval perambulou pelo apartamento com o gravador junto aos lábios. Descreveu o lugar, o cheiro de sabão e de sangue, o barulho da televisão ligada e o nome do programa que estava passando. Nenhum detalhe foi omitido: a porta da máquina de lavar aberta, de onde saía uma camisa amassada, a pia da cozinha cheia, as roupas das crianças jogadas no chão. Na mesa estavam dois pratos de plástico cor-de-rosa, onde os restos de um almoço secavam. Tiraram fotos do macarrão de conchinha e dos pedaços de presunto. Mais tarde, quando ela conheceu melhor a história de Louise, quando lhe contaram a lenda dessa babá maníaca, Nina Dorval se espantou com a desordem do apartamento.

Enviou o lugar-tenente Verdier à Gare du Nord para buscar Paul, que voltava de viagem. *Ele saberá como proceder,* ela pensou. É um homem com experiência, encontrará as palavras, conseguirá acalmá-lo. O lugar-tenente chegou bem adiantado. Sentou-se ao abrigo das correntes de vento e olhou os trens chegarem. Tinha vontade de fumar. Os passageiros desceram de um vagão e se puseram a correr, em pencas. Eles sem dúvida precisavam pegar uma conexão, e o lugar-tenente seguia com os olhos esta multidão afobada, mulheres de salto alto segurando suas bolsas contra si, homens que gritavam: "Vamos, vamos!". E então o trem de Londres chegou. O lugar-tenente Verdier poderia ter esperado ao lado do trem em que Paul viajava, mas preferiu se colocar no fim da plataforma. Viu caminhando em sua direção o pai agora órfão, usando fones de ouvido, uma sacola pequena na mão. Ele não foi ao seu encontro. Queria esperar ainda alguns minutos. Ainda alguns segundos antes de abandoná-lo em uma noite interminável.

O policial mostrou o distintivo. Pediu que o seguisse, e Paul de início achou que fosse um engano.

Semana após semana, a capitã Dorval refez a sequência dos acontecimentos. Apesar do silêncio de Louise, que não saía do coma, apesar dos testemunhos coerentes sobre essa babá irretocável, ela disse a si mesma que encontraria a falha. Prometeu compreender o que tinha acontecido nesse mundo secreto e aquecido da infância, atrás das portas fechadas. Convocou Wafa à delegacia e a interrogou. A jovem não parava de chorar, não conseguia articular uma palavra, e a policial acabou perdendo a paciência. Disse que não ligava mesmo para sua situação, para seus documentos, seu contrato de trabalho, as promessas de Louise e sua ingenuidade quanto a ela. O que ela queria saber é se ela tinha visto Louise naquele dia. Wafa contou que ela tinha ido ao apartamento naquela manhã. Tinha tocado a campainha e Louise entreabrira a porta.

— Dava pra dizer que ela escondia alguma coisa. Mas Alphonse saiu correndo, passou entre as pernas de Louise e foi ver as crianças, ainda de pijama, sentadas na frente da televisão.

— Tentei convencer Louise. Disse que a gente podia sair, fazer um passeio. O dia estava bonito e as crianças iam se entediar. Louise não quis saber de nada. Ela não me deixou entrar. Chamei Alphonse, que ficou decepcionado, e fomos embora.

Mas Louise não ficou no apartamento. Rose Grinberg é precisa: encontrou a babá na entrada do prédio, uma hora antes da sesta. Uma hora antes do crime. De onde vinha Louise? Aonde ela tinha ido? Quanto tempo ficou fora? Os policiais percorreram o bairro com a foto de Louise na mão. Interrogaram todo mundo. Precisaram calar os mentirosos, os solitários que inventam histórias para fazer o tempo passar. Foram ao parquinho, ao café Le Paradis, andaram nas galerias da rue du Faubourg-Saint-Denis e interrogaram os comerciantes. E depois encontraram esse vídeo do supermercado. A capitã assistiu à gravação mil vezes. Assistiu até ficar nauseada à caminhada tranquila de Louise entre os corredores. Observou suas mãos, suas mãos pequenininhas, que seguram uma caixa de leite, um pacote de biscoitos e uma garrafa de vinho. Nessas imagens as crianças correm de um corredor a outro sem que a babá os siga com os olhos. Adam derruba algumas mercadorias, tromba com os joelhos de uma mulher que empurra um carrinho. Mila tenta alcançar ovos de chocolate. Louise está calma, não abre a boca, não os chama. Vai para o caixa e são eles que vêm atrás dela, rindo. Eles se jogam nas suas pernas, Adam puxa sua saia, mas Louise os ignora. Mal mostra alguns sinais de irritação, que a policial adivinha, uma leve contração do lábio, um olhar furtivo, de baixo para cima. Louise, diz a policial a si mesma, parece essas mães dissimuladas que, nos contos de fadas, abandonam os filhos nas trevas de uma floresta.

Às quatro horas, Rose Grinberg fechou as venezianas. Wafa andou até a pracinha e se sentou em um banco. Hervé terminou seu serviço. Foi nessa hora que Louise foi para o banheiro. Amanhã, Nina Dorval precisa repetir os mesmos gestos: abrir a torneira, deixar sua mão sob o fio d'água para avaliar a temperatura, como ela fazia para seus próprios filhos, quando ainda eram pequenos. E ela vai dizer: "Crianças, venham. Vocês vão tomar um banho".

Foi preciso perguntar a Paul se Adam e Mila gostavam de água. Se hesitavam, normalmente, antes de tirar a roupa. Se achavam divertido espirrar água no meio dos brinquedos.

— Pode ter começado uma discussão — explicou a capitã.

— O senhor acha que eles podem ter desconfiado, ou antes se espantado, por tomar banho às quatro horas da tarde?

Mostraram ao pai uma foto da arma do crime. Uma faca de cozinha, banal, mas tão pequena que Louise sem dúvida pôde esconder na palma da mão. Nina perguntou se ele a reconhecia. Se era deles ou se Louise a tinha comprado, se ela tinha premeditado seu gesto.

— Pode pensar com calma — ela disse. Mas Paul não precisou pensar. Essa faca era aquela que Thomas tinha trazido para eles do Japão. Uma faca de cerâmica, muito afiada, que podia cortar a polpa dos dedos em um simples contato. Uma faca de sushi, pela qual Myriam tinha lhe dado uma moeda de um euro, para afastar o azar.

— Mas a gente nunca usava essa faca na cozinha. Myriam tinha guardado em um armário, bem alto. Queria manter longe do alcance das crianças.

Depois de dois meses de investigação, noite e dia, dois meses a perseguir o passado dessa mulher, Nina começa a acreditar que conhece Louise melhor que ninguém. Convocou Bertrand Alizard. O homem tremia em sua poltrona no gabinete da delegacia. Gotas de suor corriam sobre suas manchas senis. Ele, que tem muito medo de sangue e de surpresas ruins, ficou no corredor enquanto a polícia revistava o apartamento de Louise. As gavetas estavam vazias, os vidros, imaculados. Não encontraram nada ali. Nada além de uma velha foto de Stéphanie e alguns envelopes fechados.

Nina Dorval mergulhou as mãos na alma putrefata de Louise. Quis saber tudo sobre ela. Achou que conseguiria quebrar a socos a parede de mutismo em que a babá se aprisionara. Interrogou os Rouvier, o sr. Franck, a sra. Perrin, os médicos do hospital Henri-Mondor, onde Louise havia se consultado por causa de alterações de humor. Leu por horas o caderno de capa florida e sonhava, à noite, com essa letra torcida, com esses nomes desconhecidos que Louise tinha anotado com a aplicação de uma criança solitária. A capitã encontrou vizinhos dos tempos em que Louise vivia na casa de Bobigny. Fez perguntas às babás da pracinha. Ninguém parecia compreendê-la. "Era bom-dia, boa-tarde, nada mais." Nada a registrar.

E depois, ela olhou a suspeita dormir em sua cama branca. Pediu à enfermeira que saísse do quarto. Queria ficar sozinha com a boneca que envelhecia. A boneca adormecida, usando no pescoço e nas mãos, como se fossem joias, espessos curativos brancos. Sob a luz fluorescente, a capitã detinha-se nas pálpebras lívidas, nas raízes brancas nas têmporas e na fraca pulsação de uma veia que batia sob o lóbulo da orelha. Tentava ler alguma coisa nesse rosto destruído, nessa pele seca onde as rugas tinham cavado sulcos. A capitã não tocou o corpo imóvel, mas sentou e falou com Louise como se fala com crianças que fingem dormir. Disse:

— Eu sei que você está me ouvindo.

Nina Dorval fez a experiência: as reconstituições às vezes são reveladoras, como essas cerimônias vodu em que o transe faz jorrar uma verdade na dor, em que o passado se ilumina com uma luz nova. Uma vez começada a encenação, acontece de a mágica funcionar, de um detalhe aparecer, de uma contradição finalmente ganhar sentido. Amanhã ela vai entrar no prédio da rue d'Hauteville, em cuja fachada ainda murcham alguns buquês de flores e desenhos de crianças. Ela vai se desviar das velas e pegar o elevador. O apartamento, onde nada mudou desde aquele dia de maio, onde ninguém veio buscar suas coisas ou mesmo documentos, será o palco desse teatro sórdido. Nina Dorval dará os três golpes.

Lá ela se deixará engolir por uma onda de desgosto, detestando tudo, esse apartamento, essa máquina de lavar, essa pia sempre suja, esses brinquedos que escapam de suas caixas e vêm morrer sob as mesas, a espada apontada para o céu, a orelha pendente. Ela será Louise, a Louise que tapa as orelhas para fazer cessarem os gritos e choros. A Louise que faz o vaivém do quarto para a cozinha, do banheiro para a cozinha, da lixeira à secadora, da cama ao armário da entrada, da sacada ao banheiro. A Louise que volta e que recomeça, a Louise que se abaixa e que se coloca na ponta dos pés. A Louise que pega uma faca em um armário. A Louise que bebe uma taça de vinho, com a janela aberta, com um pé na sacada.

— Crianças, venham. Vocês vão tomar um banho.

**Acreditamos
nos livros**

Este livro foi composto em Utopia e impresso
pela Gráfica Santa Marta para a Editora
Planeta do Brasil em setembro de 2022.